JN434797

티보가家 사람들

1

로제 마르탱 뒤 가르

티보가 사람들

회색 노트

Le cahier gris

정지영 옮김

민음

로제 마르탱 뒤 가르(1881-1958).

(위) 쥘 로맹(오른쪽 위), 앙드레 지드(아래 가운데) 등과 함께한 식탁에서.
(아래) 아내 엘렌과 함께, 1916.

1937년 노벨문학상 수여식 때의 모습.

(위) 『티보가 사람들』 전권.
(아래) 『로제 마르탱 뒤 가르 전집』.

말년의 마르탱 뒤 가르.

한국어판 완역에 부쳐*

로제 마르탱 뒤 가르의 『티보가 사람들』이 한국에서 출간된다는 소식을 듣고 무척 기뻤습니다.

우리는 정지영 교수가 20년간 그 번역에 세심한 주의와 노력을 기울였음을 알고 있습니다. 정 교수가 그간 로제 마르탱 뒤 가르에 대해 해온 연구들은 전문가들 사이에 널리 인정받으며 찬사를 이끌어냈습니다. 따라서 정 교수야말로 오랜 세월 동안 많은 사랑을 받고 있는 로제 마르탱 뒤 가르의 작품을 번역할 자격이 있는 사람이라고 확신합니다.

마침내 한국의 독자들은 그간 20여 개 국어 이상 번역되어 세계인들에게 널리 읽히고 있는 이 위대한 작품을 접하게 되었습니다. 이에 번역자와 출판사의 노고에 경의를 표하는 바입니다.

로제 마르탱 뒤 가르 국제연구센터

회장 앙드레 다스프르André Daspre

* 2000년 첫 완역 출판 당시의 헌사.

일러두기

· 이 책은 갈리마르 출판사에서 펴낸 Bibliothèque de la Pléiade판의 로제 마르탱 뒤 가르 전집 I, II(1955)에 실린 *Les Thibault*를 번역한 것이다.
·「티보가 사람들」은 총 여덟 작품으로 이루어진 대하소설이다. 이 책『티보가 사람들—회색 노트』는 그중 첫 번째 작품이다.
· 주는 모두 옮긴이의 주이다.

차례

회색 노트

티보가 사람들

『티보가 사람들』을 친애하는
피에르 마르가리티스*의 영령 앞에 바친다.
1918년 10월 30일 육군병원에서 사망.
그의 죽음은 순결하고 고뇌에 찬
그의 마음속에서 무르익어가던 역작을 소멸시켰다.
—로제 마르탱 뒤 가르

* Pierre Margaritis. 함께 작가를 꿈꾸었던 로제 마르탱 뒤 가르의 친구.

1

보지라르가街 모퉁이에 이르러 두 사람이 어느덧 학교 건물을 따라 걷기 시작했을 때, 오는 동안 아들에게 말 한마디 건네지 않았던 티보 씨가 갑자기 걸음을 멈추었다.

"아, 이번만은, 앙투안, 정말이지 이번만은 정도가 지나쳐!"

청년은 대답하지 않았다.

학교는 문이 닫혀 있었다. 일요일인 데다가 밤 아홉시였다. 수위가 작은 문을 반쯤 열어주었다.

"제 동생이 어디 있는지 아세요?" 하고 앙투안이 고함치듯 말했다. 수위는 놀라서 눈이 휘둥그레졌다.

티보 씨는 발을 굴렀다.

"비노 신부를 불러주시오."

수위는 앞장서서 응접실까지 가서는 호주머니에서 작은 양초를 꺼내어 촛대에 꽂고 불을 켰다.

몇 분이 지났다. 숨이 가빠진 티보 씨는 쓰러지듯 의자에 주저앉았다. 그는 이를 악문 채 다시 중얼거렸다.

"이번만은, 너도 알다시피, 그래 정말 이번만은!"

"실례합니다" 소리 없이 들어온 비노 신부가 말했다. 그는 키가 아주 작아서 앙투안의 어깨에 손을 얹으려면 몸을 곧추세워야 했다.

"안녕하세요, 젊은 의사 선생! 그런데 웬일이시지요?"

"동생은 어디 있습니까?"

"자크 말입니까?"

"아침부터 여태 돌아오지 않았단 말이오!" 의자에서 일어서 있던 티보 씨가 소리쳤다.

"어디에 있을까요?" 신부는 별로 놀란 기색도 없이 말했다.

"여기요, 원! 벌을 서고 있겠지요!"

신부는 두 손을 허리띠 속으로 밀어 넣었다.

"자크는 벌을 서고 있지 않습니다."

"뭐라고요?"

"자크는 오늘 학교에 오지 않았습니다."

일은 어렵게 되었다. 앙투안은 신부의 얼굴에서 시선을 떼지 않았다. 티보 씨는 어깨를 흔들었다. 그러고는 부루퉁한 얼굴을 신부 쪽으로 돌렸다. 그의 무거운 눈꺼풀은 지금까지 거의 올려 뜨인 적이 없었다.

"자크는 어제 네 시간 동안 벌을 섰다고 말하더군요. 오늘 아침에는 여느 때와 마찬가지로 나갔습니다. 그리고 열한시쯤에 마침 우리가 미사에 가느라고 집을 비운 사이에 돌아왔던 모양입니다. 집에는 요리 담당 가정부밖에 없었어요. 녀석은 네 시간 대신 여덟 시간 벌을 서게 되었기 때문에 점심 먹으러 집으로 오지 못한다고 하면서 나갔답니다."

"그건 순전히 지어낸 말입니다." 신부는 힘을 주어 말했다.

"나는 저녁 무렵에 외출을 해야 했었어요" 하며 티보 씨가 말을 이었다. "『르뷔 데 되 몽드』* 잡지사에 원고를 가져다주러

갔었습니다. 편집장을 만나고 집에 돌아온 것이 저녁 식사 때였지요. 그런데 자크는 돌아와 있지 않았어요. 여덟시 반이 되어도 돌아오지 않더군요. 걱정이 되어 병원에서 숙직을 하고 있는 앙투안을 불렀지요. 그래서 이렇게 둘이 찾아온 겁니다."

신부는 무엇인가를 생각하는 듯 입술을 꼭 다물고 있었다. 티보 씨는 눈을 반쯤 뜨고는 날카로운 눈초리를 신부 쪽으로 보냈다가 다시 아들 쪽으로 보냈다.

"그럼 어떻게 하지, 앙투안?"

"그렇다면, 아버지," 청년이 말했다. "만일 계획적인 가출이라면 무슨 사고가 났을지도 모른다는 추측은 성립될 수 없겠군요."

그의 태도에는 상대방을 안심시키는 데가 있었다. 티보 씨는 의자를 당겨 앉았다. 민첩한 그의 머리는 아들이 집을 나간 것과 관련된 여러 가지 생각을 하고 있었다. 그러나 살 때문에 둔해진 그의 얼굴은 아무 표정도 띠고 있지 않았다.

"그럼," 하고 그는 되풀이했다. "어떻게 하지?"

앙투안은 곰곰이 생각해보았다.

"오늘 밤은 별 도리가 없어요. 기다리는 수밖에요."

그것은 분명히 그러했다. 그러나 아버지의 권위로 당장에 처리할 수 없다는 것과, 또 이틀 뒤에 브뤼셀에서 열릴 정신과학 회의와 자신이 거기에서 프랑스 지부의 사회를 부탁받은 일을 생각하자 티보 씨의 이마에는 한 줄기 분노의 빛이 떠올랐다. 그는 일어났다.

* '두 세계의 잡지'라는 뜻.

“경찰에 알려 샅샅이 찾게 하겠어!” 그가 외쳤다. “프랑스에는 엄연히 경찰이 있지? 나쁜 짓을 한 놈은 모두 잡고 있잖아?”

그의 웃옷은 배 양쪽 옆으로 늘어져 있었다. 턱밑 주름은 언제나 칼라 양쪽 끝 사이에 끼어 마치 고삐에 끌려가는 말처럼 턱을 앞으로 내밀고 있었다. ‘아, 못된 녀석’ 하고 그는 생각했다. ‘이번만은 정말 기차에나 깔려버렸으면!’ 그런데 문득 모든 일이 잘 마무리될 것 같은 생각이 들었다. 회의에서 연설할 일도 그렇고, 어쩌면 부의장에 선출될 가능성도 있었고…. 그러나 그것과 거의 동시에 들것에 실린 아들의 모습이 떠올랐다. 그리고 촛불이 환하게 켜진 영안실에서의 자신의 모습이며 불행을 당한 아버지로서의 자신의 태도며 그리고 모든 사람들의 동정이며… 그는 부끄러운 생각이 들었다.

“이런 걱정으로 하룻밤을 새워야 하다니!” 그는 큰소리로 말을 계속했다. “견디기 어렵군요, 신부님. 아비로서 이런 순간을 보낸다는 것은 정말 괴로운 일입니다.”

그는 문 쪽으로 가고 있었다. 그때 신부는 허리춤에서 손을 뺐다.

“실례입니다만,” 신부는 시선을 떨구며 말했다.

촛불은 늘어진 검은 머리카락으로 반쯤 가려진 그의 이마와 턱으로 내려가면서 삼각형으로 좁아진 여위고 험상궂은 그의 얼굴을 비추고 있었다. 그의 두 뺨 위로 불그레한 그림자가 어렸다.

“실은 오늘 저녁에 당장 아드님에 관한 문제를 말씀드려야 할지 망설이고 있던 참이었습니다. 그것도 아주 최근 일입니다. 게다가 그 자체가 매우 유감스러운 일이라서요…. 그러나 어쨌든 바로 그런 점이 어떤 단서가 될 것 같기도 해서 말씀입니다…. 잠시 시간이 있으시면….”

피카르디 지방 사투리가 그의 머뭇거리는 말투를 더욱 어눌하게 만들었다. 티보 씨는 아무런 대답도 하지 않은 채 자기 의자로 돌아와 눈을 감고 무겁게 주저앉았다.

“실은, 티보 씨” 하며 신부는 말을 이었다. “최근에 아드님에게서 좀 특별한 종류의 과오를… 극히 중대한 과오를 발견했습니다…. 퇴학을 시키겠다고까지 위협을 했지요. 아, 물론 그것은 겁을 주기 위한 것이었습니다만. 아드님이 두 분께 아무 말씀도 안 드렸나요?”

“그 녀석이 얼마나 대단한 위선자인지 모르고 계십니까? 늘 그랬듯이 입을 다물고 있었어요!”

“아드님에게는 물론 중대한 결점들이 있기는 합니다. 그러나 근본이 나쁘다고는 말할 수 없지요.” 신부는 말을 정정했다. “그리고 이번 경우는 정말 마음이 약해서 꼬임에 빠져 한 짓이라고 생각합니다. 유감스러운 일입니다만, 국공립 중고등학교에서 흔히 있듯이 위험한 친구들의 영향 때문이지요….”

티보 씨는 불안한 눈초리로 신부를 보았다.

“순서에 따라 말씀드리면, 사실은 이렇게 됐습니다. 지난 목요일이었지요….” 신부는 잠깐 생각에 잠겼다가 신이 난 듯한 어조로 말을 계속했다. “아니, 용서하십시오. 그저께 금요일이었군요. 그래요, 금요일 아침 자습 시간 때였습니다. 정오가 되기 조금 전에 저는 늘 그렇게 하듯이 불쑥 교실에 들어갔었지요….” 그는 앙투안을 향해 눈을 끔벅였다. “문이 움직이지 않도록 조심하면서 손잡이를 살며시 돌려서는 단번에 홱 열었지요.

들어가자마자 자크 쪽으로 시선이 갔습니다. 문 바로 정면에 앉혀 놓았으니까요. 저는 자코* 쪽으로 다가가서 거기 있던 사전을 보았습니다. 그랬더니! 수상쩍은 책 한 권이 나왔습니다. 이탈리아 소설을 번역한 것인데, 작가 이름은 잊어버렸지만 『바위 위의 처녀』**라는 제목의 책이었습니다."

"그럴 수가!" 티보 씨가 소리쳤다.

"자크의 당황해하는 모습이 또 다른 일을 감추고 있는 것같이 느껴졌습니다. 우리는 그런 일에는 익숙해져 있거든요. 식사 시간이 다가왔습니다. 종이 울렸을 때 저는 자습실 감독에게 학생들을 식당으로 데리고 가게 한 다음, 남아서 자크의 책상을 열어보았습니다. 책이 두 권 더 있더군요. 장 자크 루소의 『참회록』과, 이건 정말 죄송합니다만 더욱 용서할 수 없는 것은, 졸라의 추잡한 소설 『무레 신부의 죄』였습니다."

"저런, 못된 놈!"

"책상을 닫으려다가 문득 교과서를 가지런히 놓은 책상 뒤로 손을 넣어볼 생각이 났습니다. 거기에서 회색 헝겊으로 표지를 한 노트 한 권이 나왔습니다. 사실 말씀이지만 얼핏 보기에는 이렇다 할 수상한 점은 보이지 않았습니다. 노트를 펼쳐 처음 몇 페이지를 훑어보았지요…." 신부는 날카롭고 매정한 듯한 눈초리로 두 사람을 바라보았다. "저는 모든 것을 알았습니다. 곧 그 압수품들을 안전한 곳에 보관해두었다가 점심시간에 차분히 조사해보았지요. 문제의 책은 정성껏 제본되어 있

* 자크의 애칭.

** 이탈리아 작가 단눈치오(G. D'Annunzio)의 소설.

었고, 책 뒷면에는 F라는 머리글자가 찍혀 있었습니다. 그리고 회색 노트는, 이것이 중요한 물건인데—증거물이 되겠지요—그것은 일종의 편지 노트 같은 것이었습니다. 글씨체가 전혀 다른 두 사람의 필적으로 쓰여 있었는데, 자크의 필적으로 된 편지 끝에는 J자가 적혀 있었고, 다른 하나는 누구 것인지 모르겠는데, 서명은 대문자로 D라고 되어 있었습니다." 그는 좀 쉬었다가 목소리를 낮추었다. "편지의 문체로 보나 내용으로 보나 유감스럽게도 그 우정이 어떤 것인지는 의심할 여지가 없었습니다. 그래서 실은 그 힘 있고 길게 늘인 필적 때문에 우리는 잠시나마 어느 소녀가, 아니 좀 더 정확히 말씀드리면, 오히려 어떤 여성이 쓴 것이 아닌가 하는 생각도 했습니다. 결국 내용을 조사하다 보니까, 그 낯선 필적이 자크의 친구 것이라는 것을 알아냈습니다. 다행히 우리 학교 학생은 아니었고, 자크가 중학교 때 사귄 불량 학생인 것 같았습니다. 저는 확실한 것을 알아보려고 그날로 훈육 주임을 찾아갔습니다. 저 충직한 키야르 선생 말입니다." 그는 앙투안을 돌아보며 말했다. "강직한 인물이고, 기숙사에서 일어나는 골치 아픈 일도 많이 경험한 사람이지요. 이내 상대 인물의 신원이 밝혀졌습니다. D란 서명을 한 문제의 그 소년은 자크의 친구로 3학년 학생이고, 퐁타냉, 다니엘 드 퐁타냉이라는 학생이었습니다."

"퐁타냉! 맞았어!" 앙투안이 외쳤다. "아버지, 여름이면 숲 근처의 메종 라피트에 와서 사는 가족들 있잖아요? 그러고 보니까 지난겨울에도 밤늦게 집에 돌아와보면 자크가 이 퐁타냉이라는 애한테서 빌려 온 시집을 읽고 있는 것을 여러 번 보았어요."

"뭐라고? 책을 빌려 왔다고? 왜 진작 나한테 알려주지 않은 거야?"

"별로 위험한 책 같지 않아서요." 앙투안은 신부에게 대들기라도 하듯이 그를 노려보며 대답했다. 그리고 언뜻 스쳐가는 밝은 미소가 생각에 잠긴 그의 얼굴을 빛나게 했다. "빅토르 위고의 작품이었어요." 그는 설명을 덧붙였다. "또는 라마르틴이라든가. 저는 그 애를 억지로 재우려고 램프를 빼앗아버리곤 했지요."

신부는 입술에 주름을 모았다. 그러고는 응수해왔다.

"그런데 더 중대한 일은 그 퐁타냉이란 소년이 프로테스탄트라는 사실입니다."

"허어, 알고 있어요!" 티보 씨는 짜증스러운 듯이 소리쳤다.

"그렇지만 꽤 좋은 학생이기는 했습니다." 신부는 공정함을 나타내려고 곧이어 덧붙였다. "키야르 선생은 이렇게 말하더군요. '키가 크고 퍽 신중해 보이는 학생이었습니다. 주위 사람들을 감쪽같이 속이고 있었지요! 어머니 되는 사람도 점잖아 보이던데요.'"

"오, 그 어머니…" 하고 그는 신부의 말을 가로막았다. "겉으로는 점잖아 보이지만 상종할 수 없는 사람들이지요!"

"프로테스탄트들의 엄격성이라는 것이 무엇을 숨기고 있는지는 뻔하지요!" 신부가 넌지시 거들었다.

"어쨌든 아버지라는 사람은 건달 같은 사람이고…. 메종에서는 아무도 그들과 왕래하지 않아요. 고작 인사나 할 정도지. 아, 네 동생은 좋은 친구들을 골라 사귀어서 자랑스럽겠구나!"

"아무튼," 신부는 말을 이었다. "중학교에서 모든 것을 자세히 알아가지고 돌아왔습니다. 그리고 이제 규칙에 따라 훈육 회의를 열 준비를 하고 있었는데, 어제, 토요일 자습 시간이 시작되자 자크가 갑자기 제 방에 뛰어들어 왔습니다. 문자 그대로 뛰어든 겁니다. 아주 창백해진 얼굴에 이를 악물고 말입니다. 문에 들어서자마자 인사도 없이 이렇게 소리쳤습니다. '책을 도둑맞았어요. 글을 써둔 것도요!…' 저는 그 아이에게 그런 태도로 들어오는 것은 무례한 행위라고 주의를 주었습니다. 그러나 들은 척도 하지 않았습니다. 평소에는 그렇게도 맑던 눈이 분노 때문에 붉게 충혈되어 있었습니다. '선생님이 노트를 훔쳤어요. 선생님이 말이에요!'라고 고함쳤습니다. 이런 말까지 했습니다." 신부는 바보스러운 미소를 띠며 덧붙였다. "'만일 선생님이 노트를 함부로 읽으려고 한다면 저는 자살하고 말겠어요!' 저희들은 어떻게 해서든지 그를 부드럽게 대하려고 했습니다. 그러나 이쪽에서는 말도 꺼내지 못하게 했어요. '노트는 어디 있어요? 내놔요! 내놓을 때까지 모두 부숴버릴 테니까!' 그러고는 말릴 사이도 없이 곧 우리들 책상 위에 있던 수정 문진을 집어들었습니다. 앙투안 씨, 당신도 그것을 알겠지요. 졸업생들이 퓌드돔에서 기념으로 갖다주었던 것 말입니다. 그런데 그것을 벽난로 대리석을 향해 힘껏 던져버렸단 말이죠. 그거야 뭐 별것은 아니지만…." 신부는 티보 씨가 어쩔 줄 모르는 몸짓을 하자 황급히 말을 덧붙였다. "이런 별것도 아닌 것을 일일이 말씀드리는 것은 다만 아드님이 얼마나 흥분되어 있었는가를 알아주십사 해서입니다. 그러고는 심한 신경 발작을 일으켜 마루 위를 뒹굴었습니다. 저는 가까스로 그 애를 붙잡아 제 방 바로 옆에 있는 작은 암송실에 밀어 넣고 열쇠를 채워 가

두었습니다."

"아" 하고 티보 씨는 두 주먹을 높이 쳐들면서 말했다. "어떤 때에는 꼭 정신이 나간 놈 같을 때가 있어요! 앙투안에게 물어보세요. 조금만 마음에 맞지 않는 일이 있으면 그처럼 발광을 해서 하는 수 없이 저 하자는 대로 할 때가 있었잖아. 얼굴은 파랗게 질리고, 목에 핏대를 세우고는 제 성깔에 못 이겨 상대를 목이라도 졸라 죽일 듯이 덤볐지!"

"뭐, 티보가家 사람들은 누구 할 것 없이 성미가 급하니까요." 앙투안도 그 점을 인정했다. 그러나 그런 성격을 별로 유감스럽게 여기는 것 같지는 않았으므로 신부는 미소를 지어 그 말을 받아들여야 되겠다고 생각했다.

"한 시간쯤 있다가 자크를 돌려보내려고 들어가보니까" 하며 신부는 말을 계속했다. "두 손으로 머리를 감싸고 책상 앞에 앉아 있더군요. 무서운 눈초리로 우리를 흘끗 쳐다보았습니다. 두 눈은 차가웠습니다. 사과를 하라고 권해보았지만 아무런 대꾸도 하지 않았어요. 머리카락은 헝클어지고 두 눈을 아래로 내리깐 채 고집스런 태도이긴 했지만 순순히 제 방까지 따라왔습니다. 자크에게 부서진 문진 조각을 줍도록 했지요. 그는 내내 입을 꾹 다물고 있었습니다. 그러고 나서 기도실로 데리고 갔지요. 거기에서 한 시간쯤 혼자 하느님과 단둘이만 있도록 하는 게 좋으리라 생각했던 겁니다. 그 시간이 끝날 때쯤 해서 저도 옆에 가서 무릎을 꿇었습니다. 그때는 아마 울고 있었던 것 같았어요. 기도실이 어두웠기 때문에 확인할 수는 없었습니다만. 저는 낮은 목소리로 여남은 번쯤 묵주 기도를 올렸습니다. 그리고 타일렀습니다. 나쁜 친구 때문에 귀한 아들의 깨끗한 마음이 더럽혀졌다는 것을 아버님께서 아시면 얼마나 가슴 아파하시겠는지 생각해보라고 말했습니다. 자크는 팔짱을 끼고 머리를 쳐들어 제단만을 뚫어지게 바라보면서 제 말은 듣지도 않는 것 같았습니다. 이렇게 계속 고집 부리는 것을 보다 못해 저는 자습실로 돌아가라고 했지요. 그러나 자습실에 돌아가서도 저녁때까지 제자리에서 꼼짝 않고 줄곧 팔짱을 낀 채로… 책 한 권 펼치지 않고 있었습니다. 저는 일부러 모르는 척했지요. 일곱시가 되자 여느 때와 마찬가지로 집으로 돌아갔습니다. 그러나 인사를 하러 오지는 않았습니다.

사건의 경위는 이상과 같습니다." 신부는 눈매에 매우 흥분한 빛을 띠면서 말을 끝맺었다. "실은 중학교의 훈육 주임이 문제의 그 퐁타냉이란 녀석에게 어떤 처벌을 내릴지 그것을 알고 난 뒤에 이 문제를 알려드리려고 했습니다만, 어쩌면 퇴학 처분을 받을 겁니다. 그러나 오늘 저녁에 이토록 근심하시는 모습을 뵈니까…."

"신부님" 하고 티보 씨는 마치 지금 막 달음박질이라도 하고 온 사람처럼 숨을 헐떡이면서 신부의 말을 가로막았다. "말씀드릴 필요도 없지만 정말 큰일 났군요! 또 그 성질에 앞으로도 무슨 일을 저지를지 생각만 해도… 끔찍하군요." 그는 생각에 잠긴 듯 사뭇 낮은 목소리로 되뇌었다. 그러고 나서 고개를 앞으로 내밀고 두 손을 무릎 위에 가지런히 놓은 채 꼼짝도 않고 있었다. 그의 회색 코밑수염 밑에서 아랫입술과 흰 턱수염이 거의 눈에 띄지 않을 정도로 바르르 떨리지 않았더라면, 그의 내리깐 눈꺼풀 때문에 마치 그가 잠들어 있는 듯한 인상을 주었을 것이다.

“못된 녀석!” 그는 갑자기 턱을 앞으로 쑥 내밀며 외쳤다. 바로 그 순간 그의 속눈썹 사이에서 번뜩인 날카로운 눈초리는 그의 무기력한 외모를 액면 그대로 받아들이는 것은 잘못이라는 것을 일깨워주기에 충분했다. 그는 다시 눈을 감았다. 그러고 나서 앙투안 쪽으로 몸을 돌렸다. 청년은 당장 대답하지는 않았다. 그는 턱수염을 잡고 눈살을 찌푸린 채 아래만 내려다보고 있었다.

“병원에 들러 내일 못 나간다고 말하겠습니다.” 청년은 말했다. “그리고 내일 아침 일찍 그 퐁타냉이란 애한테 가서 물어보겠습니다.”

“아침 일찍?” 하고 티보 씨는 기계적으로 되풀이하면서 일어섰다. “아무튼 오늘 밤은 뜬눈으로 새워야겠구나.” 하며 그는 한숨을 내쉬었다. 그리고 문 쪽으로 걸어갔다.

신부도 뒤를 따랐다. 문 앞까지 오자 몸집이 큰 티보 씨도 맥이 빠진 손을 신부에게로 내밀었다.

“정말 야단났군요.” 그는 눈을 내리뜬 채 한숨을 내쉬었다.

“우리 모두를 도와주시도록 주님께 기도하겠습니다.” 비노 신부가 공손하게 말했다.

아버지와 아들은 한동안 말없이 걸었다. 거리는 인적이 끊겨 있었다. 바람은 자고, 온화한 밤이었다. 오월 초순이었다.

티보 씨는 집을 나간 아들을 생각하고 있었다. ‘밖에 있다고 해도 그렇게 춥지는 않겠지.’ 치미는 감정에 두 다리의 힘이 쭉 빠졌다. 그는 걸음을 멈추고 큰아들을 돌아보았다. 앙투안의 태도가 얼마쯤 그를 안심시켜주었다. 그는 이 큰아들을 사랑했고, 자랑스럽게 여기고 있었다. 그리고 오늘 밤은 더구나 작은 아들에 대한 미움 때문에 더욱 애정이 갔다. 그렇다고 그가 자크를 사랑할 수 없었다는 것은 아니다. 자크 역시 조금이라도 그의 자부심을 만족시킬 만한 일을 해주기만 했다면 아버지의 사랑을 불러일으킬 수 있었을 것이다. 그러나 자크의 어긋나고 빗나가는 소행은 언제나 그의 자존심의 가장 아픈 곳을 찌르곤 했다.

"모든 것이 너무 소문이 나지 않도록 해야 할 텐데!" 그는 중얼거렸다. 그는 앙투안 곁으로 다가왔다. 그리고 말투를 바꾸어 말했다. "오늘 밤 네가 숙직을 면할 수 있어서 다행이다." 그는 자기가 나타내고 있는 감정이 쑥스럽게 느껴졌다. 아버지보다 더욱 거북스럽게 느끼고 있던 아들은 대답을 하지 않았다.

"앙투안… 오늘 밤은 네가 곁에 있어주어서 정말 다행이구나." 티보 씨는 아마도 난생처음으로 자기 팔을 아들의 팔 밑으로 슬며시 끼면서 중얼거렸다.

2

일요일 정오쯤에 집에 돌아온 퐁타냉 부인은 현관에서 아들이 써놓고 간 쪽지를 발견했다.

"다니엘이 베르티에 씨 댁에서 점심을 먹는다고 쓰여 있구나." 그녀는 제니에게 말했다. "넌 오빠가 들어왔을 때 못 봤니?"

"다니엘?" 제니는 안락의자 밑으로 들어간 강아지를 붙잡으려고 엎드려 있었다. 제니는 좀처럼 일어나지 않았다. "아니요." 제니는 마침내 대답했다. "못 보았어요." 그녀는 두 팔로 퓌스를 안고, 강아지 등에 연신 입을 비비면서 자기 방으로 깡총거리며 사라졌다.

점심시간에 제니는 다시 왔다.

"나 머리가 아파. 밥도 먹고 싶지 않고. 방을 어둡게 하고 누워 있고 싶어."

퐁타냉 부인은 제니를 침대에 눕히고 커튼을 쳐주었다. 제니는 이불 속으로 기어들어 갔다. 그러나 잠이 오지 않았다. 몇 시간이 지나갔다. 퐁타냉 부인은 낮 동안에 여러 차례 딸에게 와서 싸늘한 손으로 딸의 이마를 짚어보았다. 저녁 무렵에 애정과 불안감으로 참을 수 없게 된 제니는 어머니의 손을 꼭 쥐었다. 그러고는 흐르는 눈물을 참지 못하고 엄마의 손에 입을 맞추었다.

"얘야, 너 신경이 예민해져 있구나…. 열이 좀 있는 것 같은데."

시계가 일곱시를 울렸다. 이어 여덟시를 울렸다. 퐁타냉 부인은 식사를 하기 위해서 아들이 돌아오기를 기다리고 있었다. 다니엘은 지금까지 예고 없이 식사 시간에 돌아오지 않은 적은 한 번도 없었다. 더구나 일요일에 어머니와 누이동생 단둘이서만 저녁 식사를 하게 할 턱이 없었다. 퐁타냉 부인은 발코니로 나가서 팔꿈치를 괴었다. 평온한 저녁이었다. 이따금 지나가는 사람들은 옵세르바투아르가街 쪽을 따라 걷고 있었다. 무성한 나무 사이로 그림자가 짙어갔다. 그녀는 가로등 불빛 아래로 걸어오는 다니엘을 몇 번이나 보는 듯했다. 뤽상부르 공원에서는 북소리가 울렸다. 공원의 철문이 닫혔다. 이제 밤이 되었다.

그녀는 모자를 쓰고 베르티에 씨 집으로 달려갔다. 그러나 베르티에 가족은 전날부터 시골에 가고 아무도 없었다. 다니엘이 거짓말을 한 것이다!

퐁타냉 부인도 그런 거짓말을 한 경험이 없었던 것은 아니다. 그러나 다니엘이, 자기 아들 다니엘이 거짓말을 한 것은 처음이었다! 열네 살짜리가 벌써?

제니는 자지 않고 있었다. 집 안의 모든 소리에 귀를 기울이고 있었다. 제니는 어머니를 불렀다.

"오빠는?"

"다니엘은 자리에 누웠다. 네가 잠든 줄 알고 깨우고 싶지 않았어." 그녀의 목소리는 태연했다. 어린것을 걱정시켜 무엇하겠나?

밤이 꽤 깊었다. 퐁타냉 부인은 아들이 들어오는 소리가 들리도록 복도 쪽 문을 반쯤 열어놓고 안락의자에 앉았다.

밤이 다 지나갔다. 그리고 아침이 되었다.

일곱시쯤 갑자기 강아지가 짖어댔다. 누군가 초인종을 눌렀기 때문이다. 퐁타냉 부인은 현관으로 달려갔다. 자기가 직접 문을 열려고 생각했던 것이다. 그러나 거기에는 수염을 기른 낯선 청년 한 사람이 서 있었다…. 무슨 사고라도 난 것일까?

앙투안은 자기 이름을 말한 다음, 다니엘이 학교에 가기 전에 잠깐 만나게 해달라고 말했다.

"그런데 실은… 오늘 아침에는 그 애를 만날 수가 없습니다."

앙투안은 놀란 몸짓을 했다.

"제가 억지를 부리는 것 같아 죄송합니다만, 부인… 실은 아드님의 가장 친한 친구인 제 동생이 어제부터 행방불명입니다. 그래서 집안 식구들이 몹시 걱정을 하고 있습니다."

"행방불명이라고요?" 그녀의 손이 머리에 쓰고 있던 흰 머릿수건을 꽉 움켜잡았다. 그녀는 응접실 문을 열었다. 앙투안은 그녀의 뒤를 따라 들어갔다.

"실은 다니엘도 어젯밤에 들어오지 않았어요. 그래서 저도 지금 걱정을 하고 있던 참이에요." 그녀는 고개를 숙였다가 이내 다시 들었다. "게다가 그 애 아버지도 지금 파리에 안 계시거든요." 그녀는 덧붙여 말했다.

이 부인의 용모에서는 지금까지 앙투안이 어느 누구에게서도 본 일이 없는 순박함과 솔직함이 풍겼다. 하룻밤을 꼬박 새운 데다가 걱정으로 정신이 없는 이때에 갑자기 이런 방문을 받은 그녀는 청년의 눈앞에 꾸밈없는 그대로의 얼굴을 보였으며, 그 얼굴에는 여러 가지 감정들이 순수한 색채들처럼 연달아 떠올랐다. 두 사람은 얼마 동안 서로 멍하게 얼굴을 마주 보았다. 그러나 서로 상대방을 눈여겨보는 것은 아니었다. 두 사람은 각자 자기 생각의 비약을 뒤좇고 있었다.

앙투안은 그날 아침에 마치 탐정이나 된 것처럼 신이 나서 침대에서 뛰쳐 일어났었다. 그는 자크가 집을 나간 것을 비관적으로는 생각하지 않았다. 오직 호기심이 작용하고 있을 뿐이었다. 말하자면 어린 공범자인 그 **소년**에게서 실토를 받아내려고 여기에 온 것이다. 그런데 일은 다시 한번 복잡하게 되었다. 그는 그로 인해 오히려 즐거움을 느끼게 되었다. 이런 예상 밖의 사건을 당하게 되자 그의 시선은 긴장되었고, 네모진 수염

밑의 그의 턱, 티보가 특유의 그 억센 턱이 단단하게 움츠러졌다.

"어제 아침 아드님은 몇 시에 나갔습니까?" 그가 물었다.

"일찍이에요. 하지만 조금 뒤에 다시 돌아왔었는데…."

"아! 그러니까 열시 반과 열한시 사이가 아니었습니까?"

"그 무렵일 거예요."

"자크와 같은 시간이었군요! 둘은 같이 집을 나간 겁니다." 그는 단호하면서도 거의 유쾌한 어조로 결론을 내렸다.

바로 그때에 반쯤 열려 있던 문이 활짝 열리며 속옷 바람의 어린아이가 양탄자 위에 푹 쓰러졌다. 퐁타냉 부인이 외마디 소리를 질렀다. 앙투안은 어느새 기절한 어린 소녀를 일으켜 양팔에 안아 올렸다. 그는 부인의 안내를 받아 소녀를 방 안에 있는 침대까지 옮겼다.

"부인, 저에게 맡기십시오. 저는 의사입니다. 찬물을 좀 주십시오. 에테르가 있을까요?"

제니는 이내 정신이 들었다. 어머니는 제니에게 미소를 지어 보였다. 그러나 어린 소녀의 눈은 여전히 굳어 있었다.

"이제 염려 마십시오." 앙투안이 말했다. "좀 재워야 하겠습니다."

"얘야, 선생님 말씀 들었지." 하고 퐁타냉 부인이 속삭이듯 말했다. 그리고 땀에 젖은 딸의 이마 위에 얹었던 손을 눈두덩 위로 가만히 내려 눈을 감겨주었다.

두 사람은 침대를 사이에 두고 꼼짝 않고 있었다. 증발한 에테르 냄새가 방 안에 가득 찼다. 처음에는 부인의 우아한 손과 뻗어 내린 팔에 쏠렸던 앙투안의 시선이 퐁타냉 부인의 모습을 조심스럽게 살폈다. 그녀가 머리에 쓰고 있던 레이스 수건은 벗겨져 있었다. 머리는 금발이었는데, 이미 희끗희끗한 머리카락이 섞여 있었다. 몸가짐이나 표정의 변화가 젊은 여성 같았으나, 그래도 사십대는 되어 보였다.

제니는 잠든 것 같았다. 부인은 딸의 눈 위에 얹었던 손을 살며시 도로 가져갔다. 두 사람은 문을 조금 열어둔 채 발끝으로 걸어 방 밖으로 나왔다. 퐁타냉 부인은 앞서 걸어가다가 뒤돌아섰다.

"감사합니다." 그녀는 두 손을 내밀면서 말했다. 그 태도가 어찌나 자연스럽고 남성적이었던지 앙투안은 그 손을 꼭 쥐기는 했으나 입술을 갖다 댈 엄두는 내지 못했다.

"저 애는 신경이 몹시 예민하답니다." 부인이 설명했다. "퓌스가 짖는 소리를 듣고 아마 제 오빠가 온 줄 알고 뛰어나왔나 봅니다. 어제 아침부터 몸이 좋지 않았어요. 밤새도록 열이 있었지요."

두 사람은 의자에 앉았다. 퐁타냉 부인은 블라우스에서 그 전날 아들이 갈겨쓴 편지를 꺼내어 앙투안에게 주었다. 부인은 그가 읽는 것을 바라보고 있었다. 사람들을 대할 때에 그녀는 언제나 자신의 본능이 이끄는 대로 행동했다. 그녀는 앙투안에게서는 첫 순간부터 신뢰감을 느꼈다. '이런 이마를 가진 사람은,' 그녀는 생각했다. '절대로 비열한 짓은 못 할 거야.' 그는 머리를 올려 빗었고, 뺨에는 더부룩하게 수염을 기르고 있어서 거의 갈색에 가까운 적갈색의 양쪽 짙은 수염 사이에서 움푹한 두 눈과 네모반듯한 흰 이마가 온통 그의 얼굴 전부를 이루고 있었다. 그는 쪽지를 다시 접어서 부인에게 돌려주었다. 그는 방금 읽은 쪽지에 관해서 생각하고 있는 듯했다. 그러나 실은 어떤 이야기를 하기 위한 발문을 찾고 있었다.

“제 생각에는” 하며 그는 넌지시 말했다. “둘이 도망간 것과 다음의 사실을 연관시켜서 생각해야 될 것 같습니다. 곧 둘의 우정이… 둘의 관계가… 교사들에게 들켰다는 사실 말입니다.”

“들켰다니요?”

“그렇습니다. 특별한 노트에 쓴 그들의 편지가 발각되었습니다.”

“편지라고요?”

“둘이서 수업 시간에 서로 편지를 썼다는 겁니다. 그런데 그것이 무언가 심상치 않은 내용의 편지였던 모양입니다.” 그는 부인을 바라보던 시선을 돌렸다. “그래서 잘못을 저지른 두 아이들에게 퇴학 처분을 하겠다고 겁을 줄 정도였으니까요.”

“잘못을 저지르다니요? 저는 도무지 이해가 안 가는데요… 무슨 잘못을 저질렀나요? 서로 편지를 쓴 것 말인가요?”

“편지의 내용이 아마 꽤는….”

“편지의 내용이라고요?” 그녀는 이해할 수가 없었다. 그러나 퍽이나 민감한 그녀는 조금 전부터 상투안의 당혹해하는 기색이 점점 더해가는 것을 충분히 알아차릴 수 있었다. 그러자 그녀는 갑자기 고개를 흔들었다.

“그런 건 다 문제가 되지 않아요.” 그녀는 부자연스러우면서도 약간 떨리는 목소리로 말했다. 두 사람 사이에는 갑자기 거리가 생긴 것 같았다. 그녀는 일어섰다. “댁의 동생과 제 아들이 함께 도망갈 생각을 했다는 것, 그것은 있을 수 있는 일일 거예요. 비록 다니엘이 제 앞에서 한 번도 그 이름을 말한 적은 없었지만…. 저어… 누구시라고 그러셨죠?"

"티보입니다."

"티보 씨요?" 그녀는 하려던 말을 끝맺지 못한 채 놀라면서 되물었다. "참 이상하군요. 어젯밤 딸아이가 헛소리를 하면서 분명히 바로 그 이름을 불렀어요."

"오빠가 친구에 관해서 얘기하는 것을 들었던 거지요."

"아니에요. 글쎄 다니엘은 한 번도…."

"그럼, 어떻게 알았을까요?"

"오" 하고 그녀가 대답했다. "그런 신비한 현상은 흔히 있을 수 있는 일이지요!"

"어떤 현상 말씀이신데요?"

부인은 서 있었다. 그녀의 표정은 진지하면서도 넋 놓은 것 같았다.

"이심전심이라는 것 말이에요."

부인의 설명이나 말투가 너무 생소해서 앙투안은 신기한 듯이 그녀를 바라보았다. 퐁타냉 부인의 얼굴은 엄숙했을 뿐만 아니라 무슨 계시라도 받은 것처럼 빛났다. 그리고 그녀의 입술에는 이런 일에 대해서 다른 사람의 회의적인 생각 같은 것은 전혀 개의치 않는 데에 익숙해진 어떤 신앙을 가진 사람의 은은한 미소가 감돌았다.

잠시 침묵이 흘렀다. 앙투안에게 문득 어떤 생각이 떠올랐다. 그의 탐정가적 흥미가 눈을 뜬 것이다.

"실례지만, 부인. 따님이 제 동생 이름을 불렀다고 하셨지요? 그리고 어제 하루 종일 알 수 없는 열이 있었다지요? 따님은 아드님한테서 무슨 비밀 이야기를 들은 게 아닐까요?"

"그런 의심은" 하고 퐁타냉 부인은 너그러운 표정으로 대답했다. "우리 애들이 저를 어떻게 대하며 살고 있는지를 아신다면 저절로 없어질 거예요. 두 아이가 지금껏 저에게는 무엇 하나 숨기는 일이라곤…." 여기까지 말하고 그녀는 입을 다물었다. 그녀는 다니엘의 이번 행동이 그 말을 반증하고 있다는 사실에 생각이 미치자 가슴이 미어지는 것 같았다. "그리고" 하고 그녀는 약간 거만스럽게 말하고는 곧 문 쪽을 향해 걸어갔다. "제니가 잠들지 않았으면 그 애한테 물어보시지요."

소녀는 눈을 뜨고 있었다. 가냘픈 얼굴은 베개 위에 뚜렷하게 드러나 있었다. 두 볼은 열이 있어 보였다. 소녀는 강아지를 꼭 껴안고 있었다. 그 강아지의 검은 콧등이 시트 밖으로 나와 있는 것이 우스꽝스러웠다.

"제니야, 이분은 티보 선생님이셔. 다니엘의 친구 형님 되시는 분이야."

소녀는 이 낯선 사람을 빤히 쳐다보다가 이내 경계하는 눈초리를 던졌다.

앙투안은 침대로 다가가 소녀의 손목을 잡고는 시계를 꺼냈다.

"아직도 맥박이 빠르군." 하고 말하고 나서 그녀를 청진했다. 그는 그런 직업적인 동작을 하면서 한껏 위엄을 부렸다.

"몇 살인가요?"

"곧 열세 살이 돼요."

"그래요? 그렇게는 안 보이는데. 원칙적으로 열이 이처럼 오르내릴 때에는 늘 주의를 해야 돼. 그렇다고 걱정할 필요는 없지만." 그는 소녀를 보며 말하고 나서 미소를 지었다. 그러고는 침대 곁을 떠나면서 조금 전하고는 다른 투로 이렇게 말했다.

"아가씨, 내 동생을 알고 있나, 자크 티보?"

소녀는 눈살을 찌푸렸다. 그리고 모른다는 시늉을 했다.

"정말? 오빠는 아가씨에게 자기의 제일 친한 친구 이야기를 한 번도 한 적이 없나?"

"없어요." 소녀가 대답했다.

"하지만," 퐁타냉 부인이 다그쳤다. "잘 생각해 봐. 어제저녁 때 내가 너를 깨울 때 너는 다니엘과 친구 티보가 길에서 쫓기는 꿈을 꾸고 있었잖니? 너는 티보라고 분명히 말했어."

소녀는 생각을 더듬는 것 같았다. 그러다가 이윽고 이렇게 말했다.

"나는 그런 이름 몰라요."

"아가씨," 앙투안은 한동안 침묵을 지키다가 말했다. "나는 어머니께 뭘 하나 여쭈어보려고 왔는데, 어머니는 그것을 잘 기억 못 하고 계세요. 그런데 아가씨 오빠를 찾으려면 그것을 꼭 알아야 하거든. 오빠는 어제 어떤 옷을 입었었지?"

"몰라요."

"그럼 아가씨는 어제 아침에 오빠를 못 봤나?"

"봤어요. 아침 먹을 때요. 그렇지만 오빠는 아직 잠옷 바람이었어요." 소녀는 어머니 쪽으로 몸을 돌렸다. "오빠 옷장에 가서 어떤 옷이 없어졌는지 보면 되잖아?"

"또 한 가지 아가씨, 이것은 아주 중요한 일인데, 오빠가 편지를 두려고 집에 왔던 것이 아홉시였나, 열시였나, 아니면 열한시였나? 어머니께서는 집에 안 계셨기 때문에 그것을 정확히 말씀해주실 수가 없어요."

"난 몰라요."

앙투안은 제니의 말투에서 약간 신경질적인 것을 엿볼 수 있었다.

"그렇다면" 하고 그는 낙심한 듯한 몸짓을 하며 말했다. "오빠가 간 곳을 알아내기는 힘들겠군!"

"잠깐요." 제니가 앙투안을 붙들려고 팔을 들면서 말했다. "열한시 십분 전이었어요."

"정확해? 틀림없나?"

"네."

"오빠가 와 있는 동안 아가씨는 시계를 봤었나?"

"아뇨. 저는 그 시간에 그림 그리는 데 쓰려고 부엌에 빵조각을 가지러 갔었어요. 그러니까 만일에 오빠가 그 시간보다 먼저 와 있었거나 나중에 왔다면 문 여는 소리가 들렸을 테고, 그렇다면 제가 보러 갔을 거예요."

"아, 그렇겠군." 그는 잠시 생각했다. 더 이상 소녀를 피곤하게 해서 무슨 소용이 있을까? 그래, 내가 잘못 생각한 것이었지. 소녀는 아무것도 모른다. "그건 그렇고" 하고 그는 다시 의사 입장으로 돌아가서 말했다. "몸을 따뜻하게 해야 돼요. 눈을 감고 자는 거야." 그는 이불 위로 나와 있는 소녀의 작은 팔에 이불을 다시 덮어주면서 미소를 지었다. "푹 자요. 자고 나면 병도 낫고, 오빠도 돌아와 있을 테니까!"

소녀는 그를 쳐다보았다. 그는 바로 그 순간에 소녀의 시선에서 읽은 것을 결코 잊을 수가 없었다. 그 속에는 온갖 격려에 대한 철저한 무관심, 이미 강인해진 내면의 생활, 그리고 그러한 고독 속에서의 비탄, 이런 것들을 엿볼 수 있었기 때문에 그는 자신도 모르게 마음의 동요를 느껴 시선을 떨구었다.

"말씀하신 대로입니다, 부인." 응접실에 돌아오자 그는 말했다. "저 아이는 순진하기 이를 데 없군요. 걱정은 몹시 하고 있지만 아무것도 모릅니다."

"저 애는 정말 순진해요." 부인은 꿈꾸는 듯 말했다. "그렇지만 저 애는 알고 있어요."

"알고 있다니요?"

"알고 있어요."

"어떻게요? 대답은 오히려 그 반대로…."

"그래요. 대답만은…." 그녀는 천천히 말을 이었다. "저는 그 애 곁에 있었어요…. 저는 느낄 수 있었어요…. 글쎄 어떻게 설명을 드려야 할지 모르겠습니다만…." 그녀는 의자에 앉자마자 곧 다시 일어났다. 그녀의 얼굴에는 말할 수 없는 고뇌의 빛이 떠올랐다. "저 애는 알고 있어요. 알고 있어요. 이제 저는 확신합니다!" 그녀는 갑자기 외쳤다. "그리고 전 느낍니다. 저 애는 비밀을 털어놓느니 차라리 죽는 편이 낫다는 생각도 하고 있어요."

앙투안이 돌아가고 난 다음 퐁타냉 부인은 그의 충고에 따라 중학교 훈육 주임인 키야르 선생을 만나러 가기 전에 호기심에 끌려 『파리 명사록名士錄』을 펼쳐보았다.

티보(오스카르-마리) 슈발리에 드 라 레종 도뇌르* 수훈자—외르 지방 출신 전前 국회의원—청소년 도덕 재무장 연맹 부회장—사회 기강 협회 창립자 및 회장—파리 교구 가톨릭 자선 사업 연합회 재정위원—위니베르시테가街 4번지 을 호(제7구)

3

그로부터 두 시간 뒤에 훈육 주임실을 찾아갔다가 아무 대답도 못 한 채 얼굴만 붉히고 도망치다시피 뛰쳐나온 퐁타냉 부인은 누구에게 의논해야 할지 난감해지자 티보 씨라도 찾아가 볼까 하는 생각도 해보았으나, 어떤 어렴풋한 본능이 그러지 않는 것이 낫겠다고 충고했다. 그러나 그녀는 모험을 좋아하는 데다가 또 과단성을 용기로 착각하고 행동한 일도 이따금 있었기 때문에 이런 본능의 충고에 개의치 않았다.

티보 씨 집에서는 진지한 가족 회의가 열리고 있었다. 비노 신부는 재빨리 위니베르시테가에 있는 티보 씨 집으로 달려와 있었다. 그리고 조금 늦게 베카르 신부가 달려왔다. 이 사람은 파리 대주교의 특별 비서이며 티보 씨에게는 정신적인 지도자이고 이 집안과는 각별한 사이이다. 그래서 지금 막 전화로 사건을 알고 달려온 것이다.

책상 앞에 앉은 티보 씨는 마치 재판을 주재하고 있는 듯했다. 그는 잠을 설쳤기 때문에 원래 희끄무레한 얼굴이 여느 때보다도 더 희게 보였다. 회색 머리카락에 안경을 낀 그의 비서인 자그마한 샬르 씨가 그의 왼편에 자리 잡고 있었다. 앙투

* 프랑스 최고의 훈장.

안은 생각에 잠긴 모습으로 서가에 기대어 서 있었다. 유모마저 집안일을 해야 할 시간인데도 불려 와 있었다. 어깨에 검은 메리노 모직을 두른 그녀는 주의 깊은 표정으로 아무 말 없이 의자 끝에 비스듬히 자리 잡고 있었다. 가운데 가르마를 탄 회색 머리카락은 누런 이마 위에 찰싹 붙어 있었고, 암사슴 같은 그녀의 눈동자는 쉴 새 없이 두 신부 사이를 오가고 있었다. 신부들은 벽난로 양옆에 등받이가 높은 안락의자에 앉아 있었다.

앙투안의 조사 결과를 듣고 난 티보 씨는 사태가 난감해진 것을 비통해했다. 그는 주위 사람들의 동조의 말을 흐뭇해하고 있었고, 동시에 자신의 불안감을 나타내기 위해 찾아낸 말에 스스로 감동하고 있었다. 그러나 이 자리에 그의 고해 신부가 있다는 사실이 그로 하여금 자신의 양심을 다시 한번 살펴볼 생각을 갖게 했다. 과연 자신은 저 괘씸한 자식에 대해서 아비로서의 모든 의무를 다했다고 말할 수 있을까? 그는 어떻게 대답해야 좋을지 몰랐다. 그러자 그는 생각의 방향을 바꾸었다. 그 프로테스탄트 녀석만 없었다면 아무 일도 일어나지 않았을 것이 아닌가!

“그 퐁타냉과 같은 나쁜 녀석들은” 하고 그는 일어서면서 소리쳤다. “그런 녀석들은 어떤 특별한 시설에다 수용해두어야 하지 않겠어요? 우리 애들이 그와 같은 영향을 받도록 그대로 내버려두어서야 되겠습니까?” 그는 뒷짐을 지고 눈을 내리깐 채 책상 뒤를 왔다 갔다 했다. 그는 말로 하지는 않았으나 정신과학 회의에 못 나가게 된 것을 원통하게 여기고 있었다. “내가 이런 소년 범죄 문제에 몸을 바쳐온 지도 이십 년 이상이나 되었습니다! 범죄 방지 연맹이니, 또 팸플릿이니, 숱한 회의에 보고서를 제출하느니 하면서 싸워온 지가 이십 년이 넘었어요. 어디 그것뿐이겠습니까!" 그는 신부들 쪽으로 몸을 홱 돌리면서 말을 이었다. "나는 크루이 소년원 안에 특별 병동을 만들어 우리 원아들과는 다른 계층에 속하는 불량 소년들에게 특별한 교도를 받도록 하지 않았습니까? 그런데 믿어지지 않으시겠지만, 그 특별 병동이 언제나 텅텅 비어 있단 말입니다! 아이들을 그곳에다 넣도록 애들 부모들에게 강요하는 일까지 내가 해야 된단 말입니까? 나는 공교육 기관이 이런 우리 사업에 관심을 가지도록 온갖 노력을 다해왔습니다! 그런데" 하며 그는 어깨를 으쓱해 보이고는 다시 의자에 털썩 앉으면서 말을 끝맺었다. "도대체 그 무종교 학교에 있는 사람들은 사회의 위생이라는 것을 과연 염두에나 두고 있을까요?"

바로 그때 가정부가 명함 한 장을 티보 씨에게 내밀었다.

"그 여자가 여기에?" 하고 그는 아들 쪽을 돌아보면서 말했다. "왜 왔다는 거야?" 그는 가정부에게 물었으나 대답도 기다리지 않고 이렇게 말했다. "앙투안, 네가 나가 보려무나."

"아버지가 만나보셔야 할 겁니다." 앙투안은 잠깐 명함을 들여다보고 나서 말했다.

티보 씨는 버럭 화를 낼 뻔했다. 그러나 곧 감정을 가라앉히고 나서 두 신부를 향해 말했다.

"퐁타냉 부인입니다! 어떻게 하면 좋겠습니까? 상대가 여자이니만큼 그가 누구건 예의는 지켜야 하지 않을까요? 그리고 아무튼 그 여자도 어머니가 아닙니까?"

"뭐라고요? 어머니요?" 하고 샬르 씨가 중얼거렸으나 너무나 낮은 목소리였으므로 결국 혼잣말밖에는 되지 않았다.

티보 씨가 다시 입을 열었다.

"들어오시게 해."

가정부가 방문객을 방으로 안내하자 그는 일어서서 정중하게 인사했다.

퐁타냉 부인은 이렇게 많은 사람들이 모여 있을 줄은 몰랐다. 부인은 문 앞에서 잠시 망설이다가 유모가 있는 쪽으로 한 발 내디뎠다. 유모는 의자에서 벌떡 일어나 놀란 눈으로 이 프로테스탄트 여인을 뚫어지게 바라보았다. 이제 그녀의 눈길에서 무기력한 빛이 사라지면서 그녀의 모습은 암사슴 같지 않고 암탉 같았다.

"티보 부인이신가요?" 하고 퐁타냉 부인이 나직이 말했다.

"아닙니다, 부인." 앙투안이 황급히 말했다. "마드무아젤 드 베즈입니다. 십사 년째 우리와 함께 살고 계십니다. 어머니가 돌아가신 뒤로 저와 제 동생을 키워주셨지요."

티보 씨가 남자들을 소개했다.

"바쁘신데 죄송합니다." 퐁타냉 부인은 모든 사람들의 시선이 자기에게 쏠려 있음을 느껴 거북했으나 여느 때와 다름없는 침착한 태도로 말했다. "혹시 오늘 아침 후에 무슨 소식이나 없었나 해서… 이렇게 찾아뵈었습니다. 우리는 지금 똑같은 근심 속에 있습니다. 그래서 제 생각에 최선의 방법이란… 우리의 힘을 합하는 것이라고 생각했습니다. 그렇지 않을까요?" 그녀는 상냥하고 쓸쓸한 미소를 반쯤 띠며 덧붙였다. 티보 씨의 시선을 살피던 그녀의 진지한 시선은 다만 눈을 감고 있는 가면에 부딪쳤을 뿐이다.

그러자 그녀는 눈으로 앙투안을 찾았다. 앞선 대화에서 마지막에 두 사람 사이에 보이지 않는 어떤 거리감이 있었음에도 불구하고 그녀는 충동적으로 이 침울하고 성실한 얼굴 쪽을 향했다. 앙투안 역시 그녀가 이 방 안으로 들어왔을 때부터 그들 사이에 일종의 유대감이 존재하고 있음을 느꼈다. 그는 부인 곁으로 다가갔다.

"아픈 아이는 좀 어떻습니까, 부인?"

티보 씨가 아들의 말을 가로막았다. 턱을 앞으로 내밀기 위해 머리를 끄덕이는 것만으로도 그의 흥분 상태를 엿볼 수 있었다. 그는 상반신을 퐁타냉 부인 쪽으로 돌리고는 진지한 어투로 말을 시작했다.

"부인께서 얼마나 걱정하고 계신지는 누구보다도 제가 잘 알고 있다는 것은 말씀드릴 필요도 없을 줄 압니다. 여기 계신 이분들에게도 말씀드렸습니다만, 그 가엾은 아이들을 생각하면 가슴이 미어질 것 같습니다. 하지만 부인, 편히 말씀드리겠습니다만 공동으로 행동을 취하는 것이 바람직한 일일까요? 물론 무슨 행동을 취하긴 해야겠지요. 그 아이들을 찾아내야 합니다. 하지만 수색은 각자 따로따로 하는 것이 더 좋지 않을까요? 무엇보다도 신문 기자들이 눈치채지 않도록 경계해야 하지 않을까요? 이렇게 말하면 신문이라든가 여론이라는 것에 어느 면으로 조심할 수밖에 없는 사람의 말투 같아서 놀라실지 모르겠습니다만… 저 개인을 위해서이겠습니까? 천만에요! 다행히 저는 경쟁 당파의 비난 같은 것엔 전혀 개의치 않는 사람입니다. 하지만 저 개인을 가지고, 제 이름을 가지고 제가 대표하고 있는 사업을 공격하려는 일은 없을까요? 그리고 저는 제 자식 생각을 합니다. 저는 이런 매우 난처한 사건에서 어떻게 해서든지 다른 이름이 우리 이름과 함께 들먹여지는 것을 피하도록 해야 하지 않겠습니까? 그리고 어느 때고 남들이 어떤 친분 관계를—물론 극히 우연한 일이라는 것은 잘 알고 있습니다만—이를테면 실제로 매우 불리한 성질의 친분 관계를 그 애의 얼굴에다 들이대는 일이 없도록 모든 일을 처리하는 것이 첫째 의무가 아니겠습니까?" 그는 베카르 신부를 향하여 잠시 동안 두 눈을 반쯤 뜨면서 이야기를 끝맺었다. "여러분들도 저와 같은 의견이 아니신지요?"

퐁타냉 부인의 얼굴은 새파랗게 질려 있었다. 그녀는 두 신부와 유모와 앙투안을 차례로 바라보았다. 곧 그녀의 시선은 말 없는 얼굴들에 부딪쳤다. 그녀는 소리쳤다.

"아, 알겠습니다, 선생님…." 그러나 그녀는 숨이 막혔다. 그녀는 용기를 내어 다시 이야기를 계속했다. "키야르 선생님의 의심이…." 그녀는 다시 입을 다물었다. "그 키야르 선생은 옹졸한 사람, 그래요, 옹졸한, 옹졸한 사람입니다!" 그녀는 씁쓸한 미소를 지으며 마침내 소리쳤다.

티보 씨의 얼굴에서는 아무런 표정도 읽을 수 없었다. 그는 맥없는 손을 비노 신부 쪽으로 향해 들었다. 그 손짓은 마치 그 신부를 증인으로 삼아 발언권을 준다는 듯했다. 신부는 마치 잡종 땅개처럼 신이 나서 싸움판에 뛰어들었다.

"부인, 실례입니다만 한 말씀 드려야겠습니다. 부인께서는 키야르 선생의 그 난처한 증언을 물리치려고 하시지만, 그건 부인께서 아드님에게 부과되는 책임을 모르고 하시는 말씀입니다…."

퐁타냉 부인은 비노 신부를 노려본 뒤에 본능이 시키는 대로, 이번에는 베카르 신부 쪽으로 몸을 돌렸다. 부인을 지켜보고 있는 베카르 신부의 눈길은 한없이 부드러웠다. 그의 얼굴은 잠자는 것 같았고, 대머리 옆쪽으로 세워 빗은 얼마 안 되는 머리카락 때문에 갸름하게 보였는데 오십 줄은 되어 보였다. 이 이단의 여인에게서 무언의 호소를 직감한 그는 서둘러 대화에 끼어들었다.

"여기에 있는 모든 사람들은 이런 이야기가 부인에게 얼마나 괴로운 일인지 잘 알고 있습니다. 아드님에 대한 부인의 신뢰에는 무한히 감탄하는 바입니다…. 무한히 존경할 만한 일이지요…." 하고 그는 덧붙였다. 그는 늘 하는 버릇대로 둘째 손가락을 입술에까지 갖다 대며 이야기를 계속했다. "하지만 부인, 유감스럽지만, 사실이 그만…."

"그 사실이" 하고 비노 신부는 마치 동료 신부가 모범을 보여주기나 했다는 듯이 한결 부드러운 어조로 말을 이었다. "이렇게 말하지 않을 수가 없군요, 부인. 그 사실이 명백하다는 것은 어쩔 수 없습니다."

"그만두세요." 하고 퐁타냉 부인이 돌아서면서 나직이 말했다.

그러나 신부는 가만히 있지 못했다.

"게다가 여기 증거물이 있습니다" 하고 그는 모자를 떨어뜨리며 허리띠에서 빨간 테를 두른 회색 노트 한 권을 꺼내며 소리쳤다. "잠깐만 이걸 읽어보십시오, 부인. 부인의 모든 환상을 벗겨버린다는 것은 여간 잔인한 일이 아니겠습니다만 우리가 판단하기로는 어쩔 수가 없군요. 이걸 보시면 부인께서도 잘 알게 되실 겁니다!”

그는 억지로 부인이 그 노트를 받게 하려고 두어 걸음 앞으로 다가섰다. 그러나 부인은 일어섰다.

“여러분, 저는 단 한 줄도 읽지 않겠어요. 그 애의 비밀이 여러 사람 앞에서, 그 애 모르게 폭로되고, 그 애에게는 변명할 여지조차 남겨주지 않다니요! 전 그 애에게 이런 대우를 받도록 가르치지는 않았습니다.”

비노 신부는 팔을 앞으로 내민 채 얇은 입술에 계면쩍은 미소를 띠고 서 있었다.

“굳이 강요하는 건 아닙니다.” 그는 마침내 비웃는 어조로 말했다. 그는 노트를 책상 위에 놓고는 모자를 집어 들고 의자로 가서 다시 앉았다. 앙투안은 그의 어깨를 움켜쥐고 밖으로 내쫓아버리고 싶었다. 반감이 드러나 보이는 그의 시선이 베카르 신부의 시선과 마주치자 잠시 서로 호응하는 빛을 띠었다.

그러는 동안 퐁타냉 부인은 태도를 완전히 바꾸었다. 꼿꼿이 쳐든 그녀의 얼굴에는 도전적인 표정이 어렸다. 그는 계속 의자에 앉아 있는 티보 씨에게 다가갔다.

“이런 건 다 문제가 안 됩니다. 저는 다만 댁에서 어떻게 하시려는지를 알고자 왔을 뿐입니다. 애 아버지가 현재 파리에 계시지 않기 때문에 이 일을 저 혼자 결정해야 할 처지입니다. 저는 경찰의 힘을 빌리는 것은 바람직한 일이 아니라는 점을 특히 말씀드리고 싶었습니다….”

“경찰이라고요?” 티보 씨는 화가 나서 벌떡 일어서며 날카롭게 반문했다. “아니, 부인. 그럼 현재 모든 지방 경찰들이 총출동하여 활동을 개시하지 않은 줄 알고 계신 겁니까? 저 자신이 오늘 아침에 직접 시경 국장에게 전화를 걸어서 모든 조치를 취하되, 신중하게 다루어줄 것을 부탁해놓았습니다…. 또 혹시 그 두 녀석이 잘 알고 있는 지방으로 가서 숨어버렸을 경우를 고려해서 메종 라피트의 면사무소에도 전보를 쳐놓았지요. 철도 회사, 국경 경비소, 항구에 모두 경비망을 쳐놓았습니다. 하지만 부인, 어떻게 해서든 세상이 떠들썩해지는 것을 피하려 해서 그렇지, 안 그렇다면야 그런 불한당 같은 놈들의 버릇을 고쳐주려면 수갑을 채워서 양쪽에 경찰의 호송을 받으며 끌려오게 하는 것이 좋지 않겠어요? 적어도 그 녀석들에게 이 나라에도 부모의 위신을 지키기 위한 정의 비슷한 것이 있다는 것을 보여주려면 말입니다?"

퐁타냉 부인은 아무 대답도 없이 인사를 하고 문 쪽으로 걸어갔다. 티보 씨는 다시 정신을 가다듬었다.

"하지만 부인, 무슨 조그만 소식이라도 있으면 곧 앙투안을 시켜 알려드리겠습니다."

부인은 가볍게 고개를 숙이고 나서 밖으로 나갔다. 앙투안이 그녀와 함께 나갔고, 그 뒤를 티보 씨도 따라 나갔다.

"위그노!"* 부인이 사라지자마자 비노 신부가 빈정거렸다.

베카르 신부는 책망하는 몸짓을 억누를 수가 없었다.

"뭐라고요? 위그노?" 샬르 씨는 마치 성 바르텔레미 축제**의 피바다에 발을 들여놓기나 한 것처럼 뒤로 물러서면서 중얼거렸다.

* 16-18세기 프랑스에서 칼뱅파 프로테스탄트를 호칭하던 말.

** 1572년 8월 성 바르톨로메오 축제의 밤을 기해서 프랑스, 특히 파리에서 일어났던 신교도(프로테스탄트) 학살 사건을 가리킨다.

4

퐁타냉 부인은 집으로 돌아왔다. 제니는 침대 속에서 잠이 들려던 참이다. 소녀는 열이 있는 얼굴을 들어 눈으로 어머니에게 묻고는 다시 눈을 감았다.

"퓌스 좀 데리고 가줘. 시끄러워 못 견디겠어."

퐁타냉 부인은 자기 방으로 돌아왔다. 현기증이 나서 장갑도 벗지 않은 채 의자에 앉았다. 자신도 열이 나려는 걸까? 마음을 진정할 것, 마음을 굳게 먹을 것, 신뢰를 가질 것…. 그녀는 기도하려고 머리를 숙였다. 다시 일어섰을 때 그녀는 뭔가 목표가 있는 행동 지침을 생각해냈다. 곧 남편을 찾아가서 그를 다시 돌아오게 하는 일이었다.

그녀는 현관을 지나 닫혀 있는 방문 앞에서 잠시 머뭇거리다가 문을 열었다. 주인 없는 방은 썰렁했다. 마편초와 레몬의 새콤한 향기와 절반쯤 날아가버린 화장품 향기가 방 안에 감돌고 있었다. 커튼을 열었다. 방 한가운데에 책상이 놓여 있었다. 압지 위에 가벼운 먼지가 쌓여 있었다. 그러나 종이 한 장 널려 있지 않았고, 주소나 무슨 단서가 될 만한 흔적은 하나도 없었다. 가구에는 열쇠가 꽂혀 있었다. 이 방 주인은 경계심 같은 것이 거의 없었다. 책상 서랍을 열었다. 한 뭉치의 편지, 사진 몇 장, 부채 하나, 그리고 한쪽 구석에 검은색 비단으로 만든 싸구려 장갑 한 켤레가 구겨져 박혀 있었다…. 그녀의 손이 책상 모서리에서 갑자기 뻣뻣해졌다. 한 가지 옛일이 그녀를 사로잡아 마음을 산란하게 만든 것이다. 그녀의 시선은 멍하니 먼 곳을 바라보았다…. 이 년 전 일이다. 어느 여름날 저녁에 전차를 타고 강변을 지나가고 있었는데, 남편 제롬이 어떤 여자 옆에 있는 것을 본 것 같았다. 그녀는 일어섰다. 그렇다. 제롬이 벤치에 앉아서 울고 있는 한 젊은 여자 곁으로 몸을 수그리고 있는 것을 분명히 보았다! 그 뒤로 그녀의 잔인한 상상력은 몇백 번도 더 그 짧은 순간의 환영 주변을 맴돌면서 세세한 부분까지를 즐겨 그려보곤 했었다. 모자를 비스듬히 쓰고 스커트에서 황급히 커다란 흰 손수건을 꺼내던 여자의 통속적인 슬픔의 장면. 무엇보다도 그때의 제롬의 태도! 아, 그러한 남편의 태도로 미루어 그날 저녁 남편의 마음을 뒤흔들고 있던 모든 감정들을 자신은 얼마나 똑똑히 꿰뚫어볼 수 있었던가! 아마 약간의 동정심도 있었을 것이다. 자신은 남편의 마음이 약하고 쉽게 감동하는 성격이라는 것을 잘 알고 있었다. 그리고 또 길 한가운데에서 그런 추태를 보이고 있다는 짜증도 섞여 있었겠지. 그리고 마지막으로는 잔인한 마음! 그렇다! 완전히 몸을 내맡기지 못한 채 엉거주춤하게 구부리고 있던 제롬의 태도에서, 이미 싫증이 나버려서 벌써 다른 여자에게로 마음이 쏠리고 있는 남자, 그래서 동정심과 양심의 가책은 느끼면서도 마침내는 그 눈물을 이용하여 단박에 끝장을 내버리려는 남자의 이기적인 타산을 확실히 간파했던 것이다! 이 모든 것이 눈 깜짝할 사이에 그녀에게 뚜렷이 드러나 보였고, 이런 망상이 떠오를 때마다 매번 똑같은 현기증으로 그녀는 머리가 아찔해지곤 했었다.

그녀는 얼른 방을 나와서 문을 단단히 잠갔다.

뚜렷한 생각이 하나 머리에 떠올랐다. 그 하녀, 여섯 달 전에 내보내지 않을 수 없었던 저 마리에트…. 퐁타냉 부인은 마리에트가 옮겨 간 집 주소를 알고 있었다. 그녀는 내키지 않는 감정을 억누르고, 더 이상 주저하지 않고 그 집으로 갔다.

부엌은 뒷문으로 난 계단을 올라가서 오층에 있었다. 음식 찌꺼기 냄새가 풍기는 설거지 시간이었다. 마리에트가 문을 열어주었다. 금발의 흩어진 머리카락, 솔직한 눈동자, 어린애이다. 집에는 마리에트 혼자 있었다. 그녀는 얼굴을 붉혔으나 눈동자는 빛났다.

"어머나, 아주머니. 다시 뵈어 반가워요! 제니는요, 많이 컸겠지요?"

퐁타냉 부인은 망설였다. 그녀는 고통스러운 미소를 지었다.

"마리에트… 우리 집 양반 주소 좀 가르쳐줘."

처녀는 얼굴이 빨개졌다. 커다랗게 뜬 두 눈에 눈물이 글썽거렸다. 주소? 그녀는 고개를 저었다. 모른다는 것이다. 다시 말하면, 이제는 모르겠다는 것이다. 주인아저씨는 이제 그 호텔에도 안 계시니까…. 더구나 주인아저씨는 그 뒤 이내 자기 곁을 떠났다는 것이다.

퐁타냉 부인은 눈을 내리깔고 문 쪽으로 갔다. 더 이상 아무 이야기도 듣고 싶지 않았기 때문이다. 잠시 침묵이 흘렀다. 그때 냄비 물이 끓어오르며 난로 위로 넘치는 것을 보자 퐁타냉 부인은 기계적인 동작을 해 보였다.

"물이 끓는군." 부인이 중얼거렸다. 그러고 나서는 계속 뒤로 물러서며 말을 덧붙였다. "그래, 이 집에서는 잘 지내고 있어?"

마리에트는 대답하지 않았다. 그러나 퐁타냉 부인이 고개를 들어 마리에트의 시선과 마주치자 그 시선 속에 무엇인가 동물적인 빛이 나타나는 것을 보았다. 어린애 같은 입술이 반쯤 열려서 치아가 드러나 보였다. 두 여인 모두에게 한없이 길게 여겨진 망설임 끝에 마리에트가 떠듬거리며 입을 열었다.

"혹시… 프티 뒤트레유 부인에게 물어보시면?"

퐁타냉 부인은 마리에트가 울음을 터뜨리는 소리를 듣지 못했다. 그녀는 불이 난 곳에서 도망쳐 나오듯 계단을 다시 내려왔다. 그 이름은 지금까지 거의 주목하지 않았고, 차츰 잊혀지고 있던 갖가지 우연의 일치들을 해명해주면서 갑자기 어떤 의미를 띠고 다가왔다.

빈 마차 한 대가 지나가고 있었다. 그녀는 빨리 집으로 돌아가려고 마차에 뛰어올랐다. 그러나 마부에게 집 주소를 일러주려는 순간 억제할 수 없는 충동에 사로잡혔다. 그녀는 그것이 성령의 가르침에 순종하는 것이라고 생각했다.

"몽소가街로 가요." 그녀는 외쳤다.

십오 분 뒤에 그녀는 사촌 동생인 노에미 프티 뒤트레유의 집 문 앞에서 초인종을 누르고 있었다.

문을 열어준 것은 열댓 살 정도의 상냥하고 커다란 눈을 가진 금발의 순진한 수녀였다.

"잘 있었니, 니콜? 엄마 계셔?"

퐁타냉 부인은 어린애의 놀란 시선이 자신을 짓누르고 있음을 느꼈다.

"제가 가서 불러올게요, 테레즈* 아줌마!"

퐁타냉 부인은 현관에 혼자 남았다. 심장이 무섭게 두근거려

* 퐁타냉 부인을 말한다.

서 가슴에 갖다 댔던 손을 뗄 수가 없었다. 그녀는 마음을 가라앉히고 주위를 둘러보려고 애를 썼다. 응접실의 문이 반쯤 열려 있었다. 햇살을 받아 벽 휘장과 양탄자의 색깔이 어른거리고 있었다. 응접실은 정돈되지 않았으나 혼자 사는 여자의 방답게 아기자기한 느낌을 주었다. '이혼한 뒤에는 돈이 한 푼도 없다던데' 하고 퐁타냉 부인은 생각했다. 그 생각을 하자 남편이 지난 두 달 동안 생활비를 한 푼도 주지 않은 것이며, 이제부터 가계 지출을 어떻게 꾸려나갈지 걱정하던 생각이 떠올랐다. 혹시나 노에미의 이런 호사가…라는 생각이 뇌리를 스쳤다.

니콜은 좀처럼 모습을 드러내지 않았다. 집 안은 고요했다. 점점 더 가슴이 무거워진 퐁타냉 부인은 앉으려고 응접실로 들어갔다. 피아노 뚜껑이 열린 채였다. 소파 위에는 유행잡지 한 권이 펼쳐져 있었다. 낮은 탁자 위에는 담배가 널려 있었다. 수반水盤에는 붉은 카네이션이 가득 꽂혀 있었다. 방 안을 살펴본 첫 순간부터 부인의 불쾌감은 점점 더 커졌다. 도대체 왜 이럴까?

아, 그것은 이 방 안의 모든 것들 안에 **그이**가 있었기 때문이다! 집에서와 마찬가지로 피아노를 창문 앞으로 비스듬히 밀어놓은 것은 바로 제롬이다! 피아노 뚜껑을 열어놓은 것도 아마 제롬일 것이다. 만일 그가 열지 않았다 하더라도 악보들을 이렇게 어수선하게 늘어놓은 것은 필경 그를 위해서 한 것이다! 이 크고 나직한 소파며 손이 미치는 곳에 담배가 놓여 있는 것도 분명히 그의 취향이다! 그리고 부인의 눈에 그 소파 위에서 어른거리는 것도 그의 모습이었다. 무심한 듯하면서도 세심하게 가꾼 그의 자태, 속눈썹 사이로 쾌활한 시선을 굴리며 팔을 늘어뜨린 채 손가락 사이에 담배를 끼우고 쿠션 위에 누워 있는 그의 모습이 눈에 선했다!

양탄자 스치는 발소리에 부인은 소스라치게 놀랐다. 레이스 실내복 바람의 노에미가 한쪽 팔을 딸의 어깨 위에 얹고 나타났다. 서른다섯 살에, 키가 크고 약간 통통한 갈색 머리의 여인이었다.

“안녕하세요, 테레즈? 미안해요. 아침부터 머리가 아파서 서 있지도 못했어요. 니콜, 블라인드 좀 내려라.”

빛나는 눈빛이며 밝은 얼굴색이 그녀의 생각과는 거리가 멀었다. 퐁타냉 부인의 방문 때문에 그녀의 수다스러움도 어색함을 드러내고 있었다. 퐁타냉 부인이 어린아이 쪽으로 몸을 돌리며 다음과 같이 부드럽게 말했을 때에 그녀의 어색함은 불안으로 변했다.

“얘야, 난 엄마하고 할 얘기가 있어. 잠깐 나가줄래?”

“자, 네 방에 가서 공부해라, 어서!” 하고 노에미가 소리쳤다. 그러고는 사촌 언니에게 필요 이상으로 활짝 웃어 보이며 말했다. “아이, 글쎄 저 나이에 벌써 응접실에 나와서 아양을 떨려고 해서 큰일이에요! 제니도 그래요? 하긴 나도 그랬죠, 기어나요? 그래서 어머니가 속상해하셨지.”

퐁타냉 부인이 이곳에 온 것은 자기가 꼭 알아야 할 주소를 얻기 위해서였다. 그러나 이 집에 들어서면서부터 제롬이 여기 있다는 사실이 너무나 뻔했고, 눈앞에서 당하는 모욕이 너무나 큰 데다가, 노에미의 모습이, 그녀의 활짝 핀 품위 없는 아름다움이 너무나 괘씸하게 생각되어 퐁타냉 부인은 다시 한번 충동에 이끌리는 대로 엉뚱한 결심을 하게 되었다.

"우선, 앉기나 해요, 테레즈 언니." 노에미가 말했다.

그러나 테레즈는 앉는 대신 사촌 동생에게로 다가가서 손을 내밀었다. 그녀의 그런 행동은 아주 자연스럽고도 위엄이 있어서 조금도 과장되어 보이지 않았다.

"노에미…." 그녀는 입을 열었다. 그러고는 단숨에 이렇게 말했다. "내 남편을 돌려줘." 프티 뒤트레유 부인의 사교적인 미소가 그대로 굳어버렸다. 퐁타냉 부인은 여전히 그녀의 손을 잡은 채로 말했다. "아무 대답 안 해도 좋아. 난 너를 나무라지 않아. 제롬이 한 일일 거야…. 그이가 어떤 사람인지 난 잘 알고 있으니까…." 그녀는 잠시 말을 중단했다. 숨이 끊어질 것 같았기 때문이다. 노에미는 그 틈을 타서 변명하려 들지는 않았다. 퐁타냉 부인은 그 침묵이 고마웠다. 침묵이 사실을 인정하고 있어서가 아니라, 노에미가 이런 불시의 습격을 받고도 그 자리에서 받아넘기려고 할 만큼 교활하지는 않다는 것을 증명하고 있었기 때문이다.

"노에미, 내 말 좀 들어봐. 아이들이 자꾸 커가고 있어. 네 딸도… 그리고 나도 두 아이가 커가고 있어. 다니엘은 벌써 열네 살이야. 이런 걸 보인다는 건 나쁜 영향을 초래할 수도 있어. 나쁜 건 전염되기 쉬우니까! 이런 일이 더 이상 계속되어서는 안 되겠어, 그렇잖아? 이제 곧 이런 꼴을 보고… 또 속을 썩는 게 나 혼자가 아닐 거야." 숨이 턱에 닿았던 그녀의 목소리는 애원조로 바뀌었다. "노에미, 이젠 그이를 우리에게 돌려줘."

"아니, 테레즈, 정말… 언니 미쳤군요!" 젊은 여인은 다시 정신을 가다듬었다. 두 눈에 분노의 빛을 띠면서 입술을 꼭 물었다. "그래, 정말, 언니 미쳤어요? 난 또 뭐야, 그런 소리를 가만히 듣고 있다니! 하도 기가 막혀서 어쩜 좋을지 모르겠네요! 언니 꿈꾸었나 봐! 아니면 누가 헛소문을 퍼뜨려 실성했거나! 어찌 된 영문인지 말 좀 해봐요!"

퐁타냉 부인은 대답은 하지 않고 다정하다고 할 수 있을 그윽한 시선으로 사촌 동생을 바라보았다. 그 시선은 '구원받지 못한 가련한 영혼이여! 그래도 너는 너의 생활보다는 나으니라!'라고 말하는 것 같았다. 그러자 갑자기 퐁타냉 부인의 시선이 노에미의 불룩한 어깨 쪽으로 스쳐갔다. 그 싱싱하고 기름진 맨살이 성긴 레이스 밑에서 마치 그물에 걸린 짐승처럼 팔딱이고 있었다. 문득 너무나도 선명한 환상이 그녀의 눈앞에 떠올랐기 때문에 그녀는 눈을 감았다. 그녀의 얼굴에는 증오의 표정이, 그리고 고뇌의 표정이 스쳐 지나갔다. 그러자 마치 지금까지의 용기가 모두 사라져버린 듯이 이야기를 끝내버리려고 이렇게 말했다.

"아마 내가 잘못 생각했었나 봐…. 그저 그의 주소나 가르쳐줘. 아냐, 어디에 있는지 알아야겠다는 게 아니라, 말만 좀 전해줘. 내가 꼭 만나야겠다고 하더란 말만 전해주었으면 해…."

노에미는 벌떡 상반신을 일으켰다.

"전해달라니요? 아니 내가 형부가 어디 있는지를 알고 있단 말이에요?" 그녀의 얼굴이 새빨개졌다. "그리고, 이런 터무니없는 소리 이제 그만두지 않겠어요? 제롬이 때때로 우리 집에 와요. 그게 어때서요? 숨길 게 뭐 있죠! 사촌끼리! 참 우습네요!" 그녀는 본능적으로 상처받을 말을 내뱉고 말았다. "언니가 여길 와서 이런 소란을 피우더라는 말을 하면 형부가 참 좋아하시겠어요!"

퐁타냉 부인은 뒤로 물러섰다.

"넌 마치 거리의 여자처럼 말을 하는구나!"

"아! 그럼 한마디 더 할까요?" 하며 노에미가 대꾸했다. "여자가 남편한테서 버림받는 건 아내 잘못이에요! 만일 제롬이 다른 데에서 찾고 있는 걸 언니가 만족시킬 수 있다면야 이렇게 찾아다니게 되지도 않을 거 아니에요?"

'정말 그럴까?' 하고 퐁타냉 부인은 생각해보지 않을 수 없었다. 그녀는 기진맥진해졌다. 그곳에서 도망가고 싶은 유혹을 느꼈다. 그러나 제롬의 주소도 모르고 그를 돌아오게 할 아무런 방법도 없이 다시 외롭게 자기 자신과 대하게 될 것이 두려웠다. 그녀의 시선이 다시 부드러워졌다.

"노에미, 내가 한 말은 다 잊어줘. 그리고 내 말 좀 들어봐. 제니는 지금 앓고 있어. 이틀째 열이 높아. 집에는 나 혼자뿐이야. 너도 자식을 가진 어미니까 병든 아이를 데리고 기다리는 심정이 어떤지를 알겠지…. 제롬이 집에 안 들어온 지 삼 주째야. 그동안 한 번도 안 들어왔어! 어디 있을까? 무얼 하고 있을까? 어쨌든 제니가 앓고 있다는 건 꼭 알려야겠어. 그리고 꼭 집으로 돌아와야 하고! 그걸 그이에게 전해줘!" 노에미는 가혹하리만큼 완강하게 고개를 저었다. "아, 노에미, 어쩌면 네가 이렇게 몰인정해질 수가 있니! 내 말 좀 더 들어봐. 모두 얘기할게. 제니는 앓고 있어. 사실이야, 걱정돼 죽겠어. 하지만 그건 둘째 문제야." 그녀의 목소리가 한결 더 누그러졌다. "다니엘이 집을 나갔어. 행방불명이야."

"행방불명?"

"수색을 해야지. 이런 때… 병난 어린애를 데리고 혼자 견뎌

나갈 수가 없어…. 그렇지 않아? 노에미, 와줘야겠다고만 전해 줘!"

퐁타냉 부인은 노에미가 기가 꺾일 것이라고 믿었다. 노에미의 시선 속에서 동정하는 빛을 읽을 수 있었다. 그러나 그녀는 몸을 반쯤 홱 돌리더니 두 팔을 쳐들며 외쳤다.

"아이구 참, 날더러 뭘 어쩌라는 거예요! 난 언니를 위해서 아무것도 할 것이 없다는데 그러네요!" 퐁타냉 부인이 화가 나서 아무 말도 못 하자 노에미는 얼굴이 빨개져서 홱 돌아섰다. "테레즈, 내 말을 못 믿네요? 그렇지요? 그럼 할 수 없지. 내가 모두 말할게요! 제롬은 또 한 번 날 속였다고요. 알겠어요? 그러고는 어디론가 도망쳐버렸어요. 다른 여자하고 달아났어요! 자! 이젠 내 말을 믿겠어요?"

퐁타냉 부인의 얼굴이 새파랗게 질렸다. 그녀는 기계적으로 되뇌었다.

"달아났다고?"

노에미는 소파에 몸을 던지고는 쿠션에 얼굴을 파묻고 흐느껴 울었다.

"이, 그 사람이 나를 얼마나 괴롭혔는지 언니는 모를 거야! 내가 늘 용서해주니까 영원히 그럴 줄 알고 있나 봐! 하지만 이젠 안 돼, 더 이상은 절대로 용서하지 않을 거야! 그 사람은 내게 참을 수 없는 모욕을 주었다고요! 내 집에서, 내 눈앞에서, 내가 데리고 있던 계집애를, 이제 열아홉밖에 안 된 일하는 애를 건드렸지 뭐예요! 그 계집애는 이 주 전에 보따리를 싸가지고 온다 간다 말도 없이 나가버렸어요! 그런데 그 사람은 저 아래에서 마차를 타고 그 계집애를 기다리고 있더라니까요!" 하고 그녀는 몸을 일으키며 아우성을 쳤다. “내 집 골목에서, 내 집 문 앞에서, 그것도 사람들이 다 보는 대낮에 말이야. 그것도 일하는 애를 위해서! 있을 수 있는 일이에요!”

퐁타냉 부인은 쓰러지지 않으려고 피아노에 기대어 서 있었다. 눈길은 노에미 쪽으로 가 있었으나 아무것도 눈에 들어오는 것이 없었다. 그녀의 눈앞으로 여러 가지 환영이 지나갔다. 마리에트가 떠올랐다. 몇 달 전에, 무엇인가 있는 듯한 기미가 보였고, 복도를 스치는 소리들, 살그머니 칠층까지 올라가는 발걸음 소리들, 나중에는 현장을 목격하지 않을 수 없었고, 절망에 빠져서 용서를 빌던 그 애를 내보낼 수밖에 없었다. 그리고 강변의 벤치에서 눈물을 닦던 검은 옷을 입은 하녀 계집애의 모습이 다시 떠올랐다. 마지막으로 그녀 바로 곁에 있는 노에미를 흘긋 보다가 부인은 고개를 돌렸다. 그러나 그녀의 시선은 그녀의 의지를 거역하며 소파 위에 비스듬히 엎드려 있는 이 아름다운 여인의 육체, 흐느낌에 떨리고 있는, 살덩이가 레이스를 터뜨려버릴 듯한 벌거숭이 어깨로 다시 돌아왔다. 견디기 어려운 하나의 환영이 눈앞에 떠올랐다.

그때 한마디씩 끊겨 튀어나오는 노에미의 목소리가 들려왔다.

“아, 이젠 끝장이야! 끝장이야! 다시 와서 무릎을 꿇고 빌어도 난 거들떠보지도 않을 거야! 난 그 사람이 미워. 경멸해. 난 그 사람이 거짓말을 아무 이유도 없이, 장난삼아, 순전히 재미로, 본능적으로 하는 것을 몇백 번도 더 봤어! 입을 열었다 하면 그게 다 거짓말이야! 그 사람은 거짓말쟁이라구!”

“노에미, 그건 그렇지 않아!”

젊은 여인은 벌떡 일어섰다.

"아니, 언니가 그 사람을 변명하다니? 언니가?"

그러나 퐁타냉 부인은 정신을 가다듬었다. 그녀는 어조를 바꾸어 이렇게 말했다.

"넌 그… 주소를 모르니?"

노에미는 잠깐 생각해보더니 몸을 숙이며 다정하게 말을 시작했다.

"몰라요. 그렇지만 혹시 여자 수위가…."

테레즈는 손짓으로 그녀의 말을 중단시키고 문 쪽으로 갔다. 젊은 여인은 겸연쩍은 감정을 감추려고 쿠션에 얼굴을 파묻은 채 부인이 나가는 것을 못 본 척했다.

현관에서 문을 열려고 할 때 퐁타냉 부인은 니콜이 얼굴에 눈물이 그렁그렁한 채, 두 팔을 벌리고 달려와 자기를 껴안는 것을 느꼈다. 그녀가 말 한마디 해줄 겨를도 없이 소녀는 미친 듯이 포옹을 하고는 달아나버렸다.

여자 수위는 기다렸다는 듯이 수다를 떨었다.

"그 처녀한테 오는 편지는 전부 그 처녀의 고향으로 돌려보낸답니다. 브르타뉴의 페로기렉이에요. 아마 거기에서 처녀의 부모들이 다시 처녀가 사는 곳으로 보내주겠지요. 혹시 아시고 싶으시다면…." 하고 그녀는 때묻은 장부를 들추며 말했다.

퐁타냉 부인은 집으로 돌아오기 전에 우체국에 들러 전보 용지에 다음과 같이 썼다.

빅토린 르 가드 귀하. 에글리즈 광장, 페로기렉(코트 뒤 노르).
폭타냉 씨에게 전해주기 바람. 다니엘이 일요일부터 행방불명.

그리고 그녀는 봉함엽서 한 장을 청했다.

그레고리 목사 귀하.
크리스찬 사이언티스트 소사이어티,
뇌이쉬르센시市, 비노로路, 2번지.

친애하는 제임스

이틀 전 다니엘이 어디로 간다는 말도 없이 가출하여 소식이 없습니다. 저의 불안한 마음 비할 데가 없습니다. 게다가 제니는 앓고 있습니다. 열이 높은데 아직 원인은 모르겠습니다. 제롬에게 알리려 해도 어디에 있는지 모르고 있습니다.

혼자서 무척 외롭습니다. 좀 와주셨으면 합니다.

테레즈 드 퐁타냉

5

그로부터 이틀 뒤인 수요일 저녁 여섯시. 키가 크고 어딘가 어색한, 무섭게 깡마르고, 나이를 짐작할 수 없는 한 사나이가 옵세르바투아르가街에 나타났다.

"부인을 만나 뵙기는 어려울 겁니다." 수위가 말했다. "의사 선생님들이 와 계십니다. 따님이 위독합니다."

목사는 계단을 황급히 올라갔다. 층계 쪽의 문은 열려 있었다. 현관에는 남자 외투 몇 벌이 아무렇게나 걸려 있었다. 간호사 한 명이 뛰어 지나갔다.

"난 그레고리 목사입니다. 어떻습니까? 제니가 고통받고 있습니까?"

간호사가 그를 쳐다보았다.

"가망 없습니다." 나지막하게 말하고는 그녀는 사라져버렸다.

목사는 마치 얼굴을 얻어맞기라도 한 듯이 몸을 부르르 떨었다. 갑자기 주위의 공기가 희박해진 것 같았다. 그는 숨이 막혔다. 응접실로 들어가서 두 창문을 열었다.

십 분이 지났다. 복도에서는 사람들이 왔다 갔다 하고 있었다. 방문들이 여닫히는 소리가 들려왔다. 말소리가 들렸다. 퐁타냉 부인이 응접실로 들어왔다. 그 뒤로 검은 옷을 입은 두 명의 나이 지긋한 신사가 들어왔다. 퐁타냉 부인이 그레고리 목사를 보자 그에게로 달려갔다.

"제임스! 드디어 와주셨군요! 아, 절 혼자 버려두지 말아주세요!"

목사가 빠른 말투로 말했다.

"오늘에야 런던에서 돌아왔습니다."

부인은 뭔가 서로 의논하고 있는 두 의사를 남겨둔 채 목사를 끌고 나갔다. 현관에서는 셔츠 바람의 앙투안이 간호사가 들고 있는 대야에서 브러시로 손톱을 씻고 있었다. 퐁타냉 부인은 목사의 두 손을 붙잡았다. 그녀는 몰라보리만큼 변해 있었다. 두 뺨은 창백하고 수척하여 뼈만 남은 것 같았다. 그녀의 입언저리는 계속 떨고 있었다.

"아, 같이 계셔주세요, 제임스. 저를 혼자 버려두지 말아주세요! 제니는…."

안에서 신음 소리가 들려왔다. 그녀는 말을 채 마치지 못한 채 방 쪽으로 뛰어갔다.

목사는 앙투안에게 다가갔다. 아무 말도 하지 않았으나 걱정스러워하는 그의 시선이 묻고 있었다. 앙투안이 고개를 저었다.

"가망이 없습니다."

"오! 왜 그런 말씀을 하십니까?" 그레고리는 꾸짖는 듯한 투로 말했다.

"뇌-막-염" 앙투안이 한 손을 들어 이마를 가리키며 한마디씩 끊어 말했다. 그러고는 "괴상한 사람이군." 혼잣말로 덧붙였다.

그레고리의 얼굴은 누렇고 각이 져 있었다. 죽은 사람처럼 윤기가 없는 검은 머리카락들이 별나게 수직을 이룬 이마 주위로 헝클어져 있었다. 길게 늘어진 뻘건 매부리코 양옆에는 두 눈이 눈썹 그늘에 가려져서 마치 인광처럼 번득이고 있었다. 흰자위가 거의 없는 시커먼 두 눈에는 항상 물기가 어려 있었고, 놀랄 만큼 민첩하게 움직이는 두 눈알은 마치 원숭이 눈을 연상시켰다. 그것은 원숭이 눈과 똑같은 나른함과 냉혹함이 서린 것이었다. 더욱 야릇한 것은 얼굴 아랫부분이었다. 조용한 웃음, 어떤 이렇다 할 감정도 나타내지 않는 비죽이 벌어진 입은 그의 턱을 사방으로 잡아당기고 있었다. 수염도 없이 쭈글쭈글한 그 턱 가죽은 뼈에 착 붙어 있었다.

"갑자기 그랬나요?" 목사가 물었다.

"열이 나기 시작한 것은 일요일이었지만 뇌막염 증상이 확실해진 것은 어제, 화요일 아침부터였습니다. 곧 여러 가지 진찰을 했습니다. 모든 치료는 다 해보았지요." 그의 시선은 무슨 생각에 잠기는 것 같았다. "저 의사 선생님들이 뭐라고 하실지 두고 봐야겠지만 저의 생각으로는" 하고 그는 결론을 맺었다. 그의 얼굴이 일그러졌다. "제가 보기에는, 가엾게도 가망이…."

"오, don't*!" 하고 목사가 쉰 목소리로 그의 말을 가로막았다. 그의 두 눈이 앙투안을 주시하고 있었다. 그 눈의 노기는 입가에 띤 야릇한 웃음과 어울리지 않았다. 마치 공기가 갑자기 숨을 쉴 수 없게 되기나 한 것처럼 그는 해골 같은 손을 칼라로 가져갔다. 그러고는 그 손으로 턱 밑을 움켜쥐고 있는 모습은 마치 악몽 속의 거미 같았다.

앙투안은 직업적인 시선으로 목사를 관찰했다. '놀랄 만한 균형 상실이군.' 그는 생각했다. '그리고 저 내면의 웃음과 미치광이처럼 무표정하게 찡그린 얼굴….'

"다니엘은 돌아왔나요?" 하고 그레고리는 정중하게 물었다.

"아직 아무 소식이 없습니다."

"가엾게도, 부인이 가엾군요!" 하고 그는 부드러운 어조로 속삭였다. 그때 두 의사가 응접실에서 나왔다. 앙투안이 다가갔다.

"절망입니다." 그중 나이 많은 의사가 앙투안의 어깨에 손을 얹으며 코 막힌 소리로 말했다. 앙투안은 즉시 목사에게로 돌아섰다.

* 영어로 쓰인 원문. '그만', '안 돼'라는 뜻.

지나가던 간호사가 다가와서 목소리를 낮추었다.

"정말, 선생님, 이제는 도저히…."

이번에는 그레고리가 더 이상 아무 말도 듣고 싶지 않아 돌아서고 말았다. 그는 숨이 답답하여 견딜 수가 없었다. 반쯤 열려 있는 문으로 층계가 보였다. 그는 성큼성큼 아래로 뛰어내려가 한길을 건넜다. 그러고는 입가에 예의 그 묘한 웃음을 띠고 머리카락을 흩날리며 거미 다리 같은 두 손을 가슴 위에서 움켜쥐고 저녁 공기를 깊이 들이마시면서 가로수 밑을 달리기 시작했다. "저주받을 의사 놈들!" 그는 중얼거렸다. 퐁타냉 가족과는 한 가족처럼 가깝게 지내고 있었다. 십육 년 전에 빈털터리로 파리에 도착했을 때 그를 따뜻하게 맞아주고 도와주었던 사람이 테레즈의 아버지인 페리에 목사였다. 그는 결코 그 은혜를 잊지 않았다. 나중에 은인의 임종 때는 모든 일을 제쳐놓은 채 그의 머리맡으로 달려갔었다. 그 늙은 목사는 한 손으로는 딸의 손을, 또 한 손으로는 그가 아들이라고 부르던 그레고리의 두 손을 잡고 세상을 떠났다. 그 추억이 지금 그의 가슴에 너무나 아프게 떠올랐기 때문에 가던 걸음을 멈추고는 총총히 되돌아왔다. 집 앞에는 이미 의사들의 마차도 보이지 않았다. 그는 급히 올라갔다.

방문들은 모두 반쯤 열려 있었다. 그는 신음 소리를 따라 방을 찾아 들어갔다. 방 안에는 커튼들이 드리워져 있었다. 어두운 방 안은 헐떡이는 숨소리와 신음 소리로 가득 차 있었다. 퐁타냉 부인과 간호사와 가정부가 침대 위로 몸을 굽혀 마치 풀밭에 올라온 물고기처럼 몸을 굽혔다 폈다 하는 어린 몸뚱이를 온 힘을 다해서 붙들고 있었다.

그레고리는 손으로 턱을 괴고는 침통한 표정으로 잠시 아무 말 없이 서 있었다. 마침내 그는 퐁타넹 부인에게로 몸을 숙이며 말했다.

"그자들이 따님을 죽일 겁니다!"

"뭐라고요? 죽이다니요? 어떻게요?" 퐁타넹 부인은 계속 빠져나가려는 제니의 팔에 매달리며 중얼거렸다.

"그자들을 쫓아버리지 않으면," 그는 힘을 주어 말을 이었다. "그자들은 따님을 죽이고 말 겁니다."

"누구를 쫓아버려요?"

"모두요."

그녀는 어리둥절해서 그를 바라보았다. 잘못 들은 것이 아니었을까? 그녀의 바로 눈앞에 있는 그레고리의 얼굴은 무서운 표정을 하고 있었다.

그는 제니의 한쪽 손을 덥석 잡더니 몸을 굽혀서 노래하는 듯한 부드러운 목소리로 불렀다.

"제니! 제니! Dearest*! 나를 알아보겠니? 나를 알아보겠어?"

천장만을 향하고 있던 초점 잃은 눈동자가 천천히 목사에게 옮겨 왔다. 그러자 그는 몸을 더욱 굽히며 소녀의 눈 속에 자신의 시선을 쏟았다. 그 시선이 너무나 집요하고 깊었기 때문에 소녀는 갑자기 신음 소리를 멈추었다.

"제게 맡기십시오!" 하고 그는 세 여인을 향해 말했다. 그러나 아무도 그의 말에 따르지 않는 것을 보자 그는 고개도 돌리지 않은 채로 거역할 수 없는 위엄을 보이며 계속했다. "그쪽 손

* 영어로 '사랑하는'이라는 뜻.

도 내게 주십시오. 됐습니다. 이제는 맡겨주십시오."

여자들은 물러섰다. 그는 혼자서 침대 위로 몸을 굽혀 생명이 꺼져가는 소녀의 두 손 속에 자력磁力과 같은 자신의 의지력을 불어넣었다. 그가 붙잡고 있던 두 손이 한동안 허공을 내젓다가 맥없이 수그러졌다. 계속 버둥거리고 있던 두 발 역시 힘없이 늘어졌다. 마침내 눈도 수그러져 감겼다. 그레고리는 여전히 몸을 구부린 채 퐁타냉 부인에게 가까이 오라고 손짓했다.

"보십시오" 하며 그가 나직이 말했다. "가만히 있습니다. 훨씬 안정되었습니다. 그들을 쫓아버리십시오. 베리알*의 자식들을 쫓아버리십시오. 그들 안에는 그릇된 생각이 날뛰고 있을 뿐입니다! 그릇된 생각은 따님을 죽여버릴 겁니다!" 그는 웃고 있었다. 그 웃음은 영원한 진리를 소유하고 있으면서 자기들 밖의 세계는 미치광이들로 형성되어 있다고 믿는 예언자들의 조용한 웃음이었다. 제니의 눈동자에 고정시키고 있던 자신의 시선을 돌리지 않은 채 그는 목소리를 낮추었다.

"여인이여, 여인이여, **악은 존재하지 않도다**! 그것을 만들어내는 것은 당신이요, 거기에 사악한 힘을 부여하는 것도 당신입니다. 왜냐하면 당신이 그것을 두려워하고 그것의 존재를 인정하고 있기 때문입니다! 보십시오. 여기에 있는 그 누구도 희망을 가진 이가 없습니다. 그들은 모두가 이렇게 말합니다. '애는 그만…'이라고요. 당신 자신도 그렇게 생각하고 있습니다. 조금 전까지도 '애는 그만…'이란 말을 입 밖에 내려고 했었습니다!

* '악한 것', '해로운 것'이라는 뜻의 히브리어로, 구약 성서에서는 마귀의 두령을 가리킨다.

주여! 나의 입에 슬기를 주옵소서, 나의 입술 언저리에 슬기를 주옵소서! 오, 가련한 어린 것! 내가 이곳에 왔을 때 저 소녀의 주위에는 허무와 **부정**否定밖에는 없었습니다!"

"그러나 나는 말합니다. 이 아이는 병들지 않았다!" 그가 어찌나 사람의 마음을 움직이는 확신을 가지고 외쳤던지 세 여자는 감전되어버린 것 같았다. "이 아이는 건강합니다! 하지만 제게 맡겨주십시오!"

그는 마술사와 같은 조심성을 가지고 천천히 손가락을 폈다. 그리고 아이의 사지를 놓아주며 가볍게 한 걸음 뒤로 물러섰다. 그러자 소녀의 몸은 얌전히 침대 위에 누운 채로 그대로 있었다.

"생명은 선하니라!" 그는 유쾌한 목소리로 확언했다. "모든 실체는 선하니라! 지혜는 선하니라. 또 사랑도 선하니라! 모든 건강은 그리스도 안에 있고, 그리스도는 우리 안에 계시니라!"

그는 방구석까지 물러나 있던 가정부와 간호사에게로 돌아섰다.

"제발 나가주시오. 내게 맡겨주시오."

"나가 있어요." 퐁다냉 부인이 말했다. 그레고리는 몸을 꼿꼿이 젖히고 서서, 팔을 뻗어 주사 약통이며 붕대며 얼음통들이 흩어져 있던 탁자 위를 향해 저주를 퍼부었다.

"저걸 몽땅 내가시오!" 그가 명령했다.

여자들은 그의 말에 복종했다.

퐁타냉 부인과 단둘이 남게 되자 그는,

"자, Open the window*!" 하고 유쾌하게 외쳤다. "활짝, 활짝 여십시오, Dear**!"

거리의 나뭇잎들을 살랑살랑 흔들고 있던 신선한 바람이 방 안의 썩은 공기 속으로 쳐들어와서 그 밑으로 달려들어 썩은 공기를 돌돌 말아 밖으로 몰아내는 것 같았다. 바람이 환자의 불덩이 같은 얼굴에까지 스며들어 쓰다듬었다. 환자가 몸을 떨었다.

"감기 걸리겠어요…." 퐁타냉 부인이 속삭였다.

그는 처음에는 즐거운 냉소만 지을 뿐이었다.

"Shut***!" 하며 마침내 그는 입을 열었다. "창문을 닫으시오. 좋아요, 됐습니다! 이젠 모든 등불을 밝히십시오, 퐁타냉 부인. 주위를 밝게 해야 합니다. 기쁨이 있어야 합니다! 그리고 우리의 마음속에도 빛이 있어야 하고, 많은 기쁨이 있어야 합니다! **여호와는 우리의 빛이요, 여호와는 우리의 기쁨이시니! 내가 무엇을 두려워하오리까?** 주여, 당신은 제가 저주받을 시간이 오기 전에 도착할 것을 허락하셨나이다!" 하고 그가 두 손을 들어올리며 덧붙였다. 그러고 나서 의자를 침대 머리맡으로 가져다놓았다. "앉으십시오. 침착하십시오, 아주 침착하십시오. **자기 통제**를 잊지 마십시오. 오로지 그리스도의 말씀만을 들으십시오, 그리스도는 따님이 건강하길 원하고 계십니다! 그분과 함께 우리도 바랍시다! 선의 위대한 힘을 구합시다. 정신이 전부입니다. 물질은 정신의 노예입니다. 벌써 이틀 전부터 가엾은 darling****은 부정적인 힘에서 보호받지 못하고 있습니다. 오, 그 남자들

* 영어로 '창문을 열라'라는 뜻.

** 영어로 친밀한 사이의 호칭.

*** 영어로 '닫아'라는 뜻.

**** 영어로 애정을 담아 부르는 호칭.

과 여자들, 그들은 모두 끔찍스러웠습니다. 그들은 최악의 경우만을 생각하고 있고, 난처한 일들만을 불러들이고 있었습니다! 그러고도 자신들의 보잘것없는 확신이 사라지면 모든 것이 끝났다고 믿는 겁니다!"

신음 소리가 다시 시작되었다. 제니는 또다시 몸을 버둥댔다. 갑자기 머리를 뒤로 젖히고 입술이 반쯤 벌어지며 마치 금방이라도 마지막 숨이 넘어갈 것만 같았다. 퐁타냉 부인은 침대로 달려들어 어린 딸을 끌어안으며 딸의 얼굴에 대고 소리쳤다.

"안 돼!… 안 돼!…"

목사는 마치 그 발작의 책임이 부인에게 있다는 듯이 부인에게로 다가갔다.

"두려우신가요? 신앙을 잃으셨습니까? 하느님 앞에서 두려움은 없습니다. 두려움이란 다만 육체적인 것입니다. 육체적인 것은 모두 잊어버리십시오. 그것은 진정한 그대가 아닙니다. 마가는 말씀하셨습니다. **너희가 기도하며 바라는 모든 것은 하느님께서 이미 주셨다고 믿으라. 그리하면 너희는 그것을 완전히 이룰 수 있으리라.** 자, 기도하십시오!" 퐁타냉 부인은 무릎을 꿇었다. "기도하십시오!" 목사는 다시 엄격한 어조로 말했다. "너무도 나약한 여인이여, 먼저 당신 자신을 위하여 기도하십시오! 먼저 주님께서 당신에게 믿음과 평화를 다시 주시기를! 당신의 **완전한** 믿음 속에서만 따님은 구원을 얻을 수 있을 것입니다! '주님의 뜻'을 간구하십시오! 저도 당신의 마음과 함께하겠습니다. 기도합시다!"

그는 잠시 동안 마음을 가다듬고 나서 기도를 시작했다. 처음에는 그저 속삭임에 지나지 않았다. 그는 두 발을 모으고 팔짱을 끼고는 머리를 하늘로 쳐들고 두 눈을 감고 서 있었다. 이마 주위에 흐트러진 머리카락이 후광처럼 검은 불길로 그의 얼굴을 비추고 있었다. 기도의 말이 차츰 뚜렷하게 들리기 시작했다. 아이의 율동적인 헐떡임이 마치 오르간 반주처럼 그의 기도에 섞여 들려왔다.

"전능하신 하느님! 생명을 불어넣으신 주여! 당신은 어디나, 아무리 작은 것이라 할지라도 당신이 창조하신 어떤 것에도 계시지 않는 곳이 없나이다. 그러기에 저는 마음속 깊은 곳에서 당신을 부르나이다. 시험받은 이 **가정**을 당신의 평화로 가득 채워주소서! 이 어린아이의 누운 자리에서 생명을 염두에 두지 않은 모든 것을 물리쳐주옵소서! '악'은 우리의 약한 마음속에만 있사옵니다. 아, 주여, 우리 안에서 **부정**을 추방해주옵소서!

오직 당신만이 '무한한 지혜'이시며, 당신께서 우리에게 하시는 것은 율법에 따라 행하여지나이다. 그러므로 이 여인은 죽음의 문턱에 서 있는 어린 딸을 당신의 품에 맡기나이다. 이 여인은 어린 딸을 당신의 '뜻'에 맡기고, 어린 딸을 떠나며, 버리나이다! 그러하오니 당신께서 이 어린것을 어머니로부터 데려가셔야 한다면 이 여인은 당신의 뜻에 순종하나이다, 순종하나이다!"

"오, 그만두세요! 안 돼요, 안 돼요, 제임스!" 퐁타냉 부인이 작은 소리로 말했다.

그레고리는 한 발짝도 움직이지 않은 채 그의 무쇠 같은 손을 부인의 어깨 위에 올려놓았다.

"믿음이 약한 여인이여, 그런 말을 당신이? 주님께서 그처럼 수없이 '성령'을 불어넣었던 당신이?"

"아, 제임스, 지난 사흘 동안 전 너무나 고통스러웠어요. 제임스, 더 이상 견딜 수 없어요!"

"나는 이 여인을 본다." 하고 목사가 뒤로 물러서며 말했다. "예전의 그 여인이 아니다. 나는 이 여인을 알아볼 수가 없구나! 이 여인은 마음속에, 주님의 성전 그 자체인 마음속에 '죄악'이 들어오도록 내버려두었구나!

기도하십시오, 가련한 부인, 기도를!"

다시 신경질적인 발작을 일으킨 소녀의 몸뚱이가 이불 아래에서 팔딱팔딱 뛰고 있었다. 눈이 다시 떠졌다. 툭 튀어나온 듯한 시선이 방 안에 켜놓은 등불을 하나씩 차례차례 멍하니 바라보았다. 그레고리는 환자의 행동에 전혀 개의치 않았다. 퐁타냉 부인은 두 팔로 소녀를 꼭 끌어안고 경련을 멈추게 하려고 애썼다.

"지극히 '높으신 힘'이시여!" 목사가 되뇌었다. "진리시여! 당신은 말씀하셨습니다. **나를 따르고자 하는 자는 자기 자신을 버릴지니라**. 그러므로 어머니로부터 이 어린 딸을 떼어버리셔야 하신다면, 어머니는 이를 받아들이나이다! 어머니는 이에 순종하나이다!"

"안 돼요, 제임스 안 돼요…."

목사는 몸을 굽혔다.

"버리십시오! 버린다 함은 누룩과 같습니다. 누룩이 가루를 삭이듯, 욕망을 버림은 나쁜 생각을 삭여서 '선'을 부풀어 오르게 하는 것입니다!" 그러고는 다시 일어서며 계속했다. "그러므로 주여, 당신께서 원하신다면, 이 여인의 딸을 거두소서, 거두소서. 이 여인은 단념하나이다, 포기하나이다! 그리고 이 여인의 아들도 필요하시다면…"

"안 돼요… 안 돼요…."

"…그리고 만일 당신께서 아들도 부르셔야겠다면, 아들도 데려가소서! 아들로 하여금 다시는 어머님의 집 문 앞에 나타나지 않도록 하옵소서!"

"다니엘을… 안 돼요!"

"주여, 이 여인은 아들을 당신의 '지혜'에 맡기며 기쁨으로 순종하나이다! 그리고 또 남편도 이 여인으로부터 불러 가셔야 한다면 그렇게 하옵소서!"

"제롬은 안 돼요!" 부인은 무릎 위에 엎드리며 신음하듯 내뱉었다.

"그도 불러 가옵소서!" 목사는 점점 더 흥분하며 계속했다. "이 모든 일에 거역하지 아니하오니 오직 당신의 '뜻'대로 하옵소서. '빛의 근원'이시여! '선의 근원'이시여! '성령'이시여!"

그는 잠깐 동안 입을 다물었다. 그러고는 부인을 쳐다보지도 않고 말했다.

"당신은 희생을 각오하시겠습니까?"

"용서하세요, 제임스. 전 못하겠어요…."

"기도하십시오!"

몇 분이 흘렀다.

"당신은 희생을 각오하시겠습니까, **완전한** 희생을?"

부인은 아무 대답도 없이 침대 발치에 쓰러져버렸다.

한 시간 가까이 지나갔다. 앓는 아이는 움직이지 않고 조용히 누워 있었다. 다만 열로 붉게 달아오른 얼굴만을 좌우로 휘젓고 있을 뿐이었다. 숨소리가 거칠었다. 이제는 감기지도 않는 두 눈이 실성한 듯한 표정을 띠고 있었다.

퐁타냉 부인이 꼼짝도 하지 않았는데도 목사는 마치 부인이 자기 이름을 부르기라도 한 것처럼 갑자기 몸을 부르르 떨고는 부인의 옆으로 가서 무릎을 꿇었다. 부인이 몸을 일으켰다. 그녀의 표정은 어느 정도 긴장이 누그러져 있었다. 부인은 베개 위에 얹힌 조그마한 얼굴을 오랫동안 들여다본 뒤에 두 팔을 벌리고 말했다.

"주여, 제 뜻대로 이루지 마옵시고 주님의 뜻대로 이루어주옵소서."

그레고리는 꼼짝도 하지 않았다. 그는 이 한마디 말이 때가 되면 반드시 나오리라는 것을 한순간도 의심하지 않았었다. 그는 두 눈을 감은 채 있었다. 그의 모든 뜻을 다 모아서 하느님의 은총을 구하고 있었다.

몇 시간이 계속 흘러갔다. 때때로 소녀는 마지막 힘을 잃어버리는 듯했으며, 그녀 안에 남아 있던 생명이 그녀의 시선과 함께 스러져버리는 듯했다. 또 어떤 때에는 몸뚱이가 경련으로 심하게 흔들리기도 했다. 그럴 때마다 그레고리는 제니의 한 손을 자기의 두 손 사이에 꽉 쥐고는 격한 목소리로 말했다.

"우리는 곡식을 거둘 것입니다! 그러나 기도해야 합니다. 기도합시다."

다섯시쯤에 그는 일어서서 바닥에 미끄러져 내렸던 이불을 환자의 몸 위에 덮어주고는 창문을 열었다. 밤의 싸늘한 바람이 방 안으로 흘러들어 왔다. 퐁타냉 부인은 꼼짝도 않고 무릎을 꿇고 앉아서 목사가 하는 대로 내버려두었다.

목사는 발코니로 올라갔다. 아직 어두운 새벽이었고 하늘에는 금속성 색채가 감돌고 있었다. 한길이 어둠의 골짜기처럼 패여 있었다. 그러나 뤽상부르 공원에는 어슴푸레하게 동이 트고 있었다. 안개가 한길 위로 흘러가며 검은 덤불 같은 나뭇가지들을 솜처럼 감싸고 있었다. 그레고리는 몸을 떨지 않으려고 두 팔에 힘을 주었고 두 주먹으로 난간을 꽉 쥐었다. 신선한 아침 공기가 가벼운 바람에 나부끼며 그의 축축한 이마와, 밤을 새우며 기도에 지친 그의 얼굴을 감쌌다. 지붕들은 벌써 푸른 빛을 띠었고, 집집마다 연기에 그을은 돌담 위로 덧문들이 선명히 드러나기 시작했다.

목사는 동쪽을 향해 섰다. 밤의 깊은 곳으로부터 한 겹의 드넓은 빛이 그를 향해 올라오다가 이윽고 그 장밋빛 광채는 온 하늘을 가득 채우며 빛났다. 자연 전체가 잠에서 깨어나고 있었다. 헤아릴 수 없이 무수한 분자들이 아침 대기 속에서 즐겁게 반짝이고 있었다. 그러자 갑자기 한 가닥 새로운 바람이 그의 가슴을 부풀게 하고, 초인적인 힘이 그의 내부로 스며들어 그를 끌어올리며, 그를 한없이 크게 만들었다. 순간 그는 무한한 가능성을 의식했다. 그의 생각이 온 우주를 호령하고 있었다. 그는 모든 것을 할 수 있었다. 그가 나무를 향해 '흔들려라!' 하고 소리치면 나무들은 곧 흔들릴 것이고, 소녀에게 '일어서라!' 하고 소리치면 소녀는 당장 다시 살아날 것이다. 그는 팔을 뻗쳤다. 그러자 갑자기 그의 동작을 그대로 연결시켜 받은 듯이 한길가의 나뭇잎들이 팔랑거렸다. 그의 발밑에 있던 나무에서 새들이 기쁨에 차 지저귀며 날아갔다.

그러자 그는 침대 곁으로 다가가서 무릎을 꿇고 있는 어머니의 머리 위에 한 손을 얹고 나서 외쳤다.

"알렐루야, Dear! 이젠 완전히 깨끗해졌습니다."

그는 제니에게 다가갔다.

"어둠은 쫓겨났다! 사랑하는 아이야. 두 손을 내게 다오!" 그러자 지난 이틀 동안 아무 말도 못 알아듣던 아이가 두 손을 내밀었다. "나를 보아라!" 그러자 아무것도 보지 못하던 초점 잃은 두 눈동자가 그를 주시했다. "**그분은 너를 사망의 늪에서 건지시리라. 그리고 땅 위의 짐승들은 너와 함께 평안하리라.** 아가야, 너는 건강해! 어둠은 이제 사라졌다! 하느님께 영광을! 기도하여라!" 어린아이의 시선은 의식을 되찾은 빛을 보이고 있었다. 아이는 입술을 움직였다. 정말로 기도하려고 노력하고 있는 것 같았다. "자, my darling, 이제, 가만히 눈을 감아라. 천천히… 좋아… 자거라, my darling, 이젠 방해하는 것은 아무것도 없다! 기쁜 마음으로 자는 거야!"

몇 분이 지나자 실로 오십 시간 만에 제니는 처음으로 잠이 들기 시작했다. 움직이지 않던 소녀의 머리가 베개 속으로 포근히 잠겨들었다. 속눈썹의 그림자가 뺨 위에 드리워졌고 입술 사이로 고른 숨소리가 들려왔다. 소녀는 살아난 것이다.

6

그것은 교사의 눈을 피해 자크와 다니엘 사이에 오갔던, 회색 헝겊 표지로 장정된 학습 노트였다. 처음 몇 페이지에는 흘려 쓴 필체로 이런 것들이 쓰여 있었다.

'로베르 르 피우*의 연대를 아니?'

'rapsodie야, 아니면 rhapsodie야**?'

'eripuit***는 어떻게 번역하니?'

또 다른 페이지는 다른 쪽지에 써 보낸 자크의 시에 관한 주석이라든가 정정으로 가득 차 있었다.

얼마쯤 넘기자 두 학생 사이에 주고받은 편지가 시작되었다.

약간 긴 첫 번째 편지는 자크가 쓴 것이었다.

파리, 아미요 중학교, 3학년 A반. 별명이 돼지털인 QQ의 감시 아래에서, 삼월 십칠일, 월요일, 세시 삼십일분 십오초.

너의 정신 상태는 무관심, 관능 혹은 사랑 중에 어느 것이니? 내 생각에는 그래도 세 번째 상태가 아닌가 싶다. 다른 두 상태보다 훨씬 더 너다우니까.

나로 말하면 내 감정을 들여다보면 들여다볼수록 인간이란,

한낱 짐승이며,

사랑만이 인간을 높일 수 있다는 생각이 든다. 이것은 상처입은 내 마음의 부르짖음이고, 그것은 나를 속이지 않는다! 사랑하는 친구여, 네가 없다면 나는 한낱 열등생, 바보에 지나지 않았을 것이다. 내가 이상을 열망하게 된 것은 순전히 네 덕분이다!

* 프랑스 왕 로베르 2세.

** 랩소디의 철자.

*** 라틴어로 '구조하다'라는 뜻.

나는 그 순간들은, 우리가 완전히 서로의 것이 될 수 있었던, 아, 너무도 짧고 너무나 가질 기회가 적었던 그 순간들을 영원히 잊지 못할 것이다. 너는 나의 유일한 사랑! 나는 절대로 다른 사랑을 가질 수 없을 것이다. 왜냐하면 너에 대한 열정적인 그 많은 추억들이 즉시 나를 괴롭힐 테니까. 잘 있어. 열이 나고 관자놀이가 뛰고 눈이 흐려진다. 그 어떤 것도 우리 사이를 떼어놓지는 못할 것이다. 그렇잖아? 오, 언제나, 언제나 우리는 자유로워질 수 있을까? 언제나 우리는 함께 살 수 있게 되고, 함께 여행할 수 있게 될까? 나는 이국의 땅들을 얼마나 사랑하는지 몰라! 둘이 함께 영원불멸할 인상들을 거두어 그것들이 아직도 생생할 때 시로 읊을 수 있었으면!

기다리는 것은 싫다. 되도록 빨리 답장해다오. 내가 너를 사랑하는 만큼 너도 나를 사랑한다면, 네시까지 답장 주기 바란다!!

나의 마음은 너의 마음을 껴안는다. 페트로니우스*가 천사 같은 위니스를 껴안듯이!

Vale et me ama!**

《J.》

다음 페이지에 다니엘이 그 편지에 회답을 하고 있었다.

내가 비록 다른 하늘 아래 홀로 살고 있다 하더라도, 우리 두 영혼을 맺어주는 진실로 유일한 우리의 우정이 나로 하여금 네

* 고대 로마의 작가.

** 라틴어로 '안녕, 나를 사랑해줘'라는 뜻.

게 일어나고 있는 모든 것을 알게 하고야 말 것 같다는 생각이 든다. 우리들의 우정 위에는 시간도 그 흐름을 멈춘 것만 같다.

너의 편지가 내게 준 기쁨을 말로 표현한다는 것은 불가능한 일이다. 너는 전부터 나의 친구가 아니었니? 지금은 그 이상의 것, 나의 진정한 반쪽이 되지 않았니? 네가 내 영혼을 형성하는 데 도움을 주었듯이, 나 역시 너의 영혼을 형성하는 데 도움을 준 것이 아닐까? 아, 나는 이 편지를 쓰면서 그것이 얼마나 진실되고 강력한 것인지 느낄 수 있다! 나는 살아 있다! 내 안에 있는 모든 것이, 육체도, 정신도, 마음도, 상상력도 너의 애정 덕분에 살아 있다. 나는 그것을 절대로 의심하지 않겠다. 아, 내 진정한 오직 하나뿐인 벗이여!

추신—나는 어머니에게 자전거를 처분해달라고 했다. 이젠 너무 낡아빠졌거든.

Tibi!*

《D.》

또 다른 자크의 편지.

오, dilectissime!**

어떻게 너는 때로는 유쾌해졌다가 때로는 슬퍼할 수 있니? 나는 미칠 듯한 즐거움 속에서도 이따금 쓰디쓴 회상에 사로잡히

* 라틴어로 '너', '당신'이라는 뜻.

** 라틴어로 '가장 사랑하는'이라는 뜻.

곤 한다. 그렇다, 나는 알고 있다. 앞으로 영영 나는 결코 경박하게 그저 즐거워하며 시낼 수는 없을 것이나! 내 앞에는 언세나 도달할 수 없는 '이상'의 유령이 서 있을 것이다!

아, 때때로 나는 이 너무나도 현실적인 세상을 떠나서 살고 있는 핏기 없고 창백한 얼굴을 가진 수녀들의 법열경法悅境을 이해할 수 있을 것 같다! 날개를 가지고 있으면서도, 아, 감옥의 쇠창살에 부딪쳐 꺾여야만 하다니! 나는 이 적의로 가득 찬 세상에 홀로 있다. 사랑하는 아버지도 나를 이해하지는 못한다. 내 나이가 많지는 않지만, 내 뒤에는 벌써 얼마나 많은 부러진 초목과 비로 변한 이슬과 애타는 욕망, 쓰디쓴 절망이 쌓여 있는지!….

사랑하는 벗이여, 지금의 나의 이 침통한 기분을 용서해다오. 아마 나는 지금 생성의 단계에 있는 모양이다. 머릿속이 끓어오른다. 그리고 내 마음도(할 수 있다면 더욱 맹렬하게). 우리 둘은 꼭 함께 있자. 그래서 둘이 함께 온갖 암초를, 쾌락이라고 말하는 소용돌이를 피해 가자.

나의 손안에서는 모든 것이 사라졌다. 그러나 오, 내 마음의 벗이여, 오직 하나 남은 것은 너에게 모든 것을 바쳤다는 이 기쁨이다!!!

《J.》

추신—암기해야 할 것이 있어서 서둘러 이 편지를 끝맺는다. 아직 한 자도 외우지 못했다. 쯧!

아, 사랑하는 벗이여, 만일 내게 네가 없다면 나는 분명히 자살하고 말 것이다!

다니엘이 즉시 답장하고 있다.

벗이여, 너는 괴로워하고 있니?

왜, 네가, 그렇게도 젊은 네가, 오, 사랑하는 벗이여, 그토록 젊은 네가 어째서 인생을 저주한단 말이야? 잘못된 일이다! 너의 영혼이 지상에 얽매여 있다고? 공부하라! 희망을 가지라! 사랑하라! 독서하라!

너의 마음을 짓누르고 있는 그 고민을 어떻게 위로할 수 있을까? 어떻게 하면 이 절망의 외침을 치유할 수 있을까? 아니다, 벗이여, '이상'이란 결코 인생과는 상반되는 것이 아니다. 아니다, 그것은 시인의 꿈이 빚어낸 한낱 환영만은 아니다! '이상'이란, 내 생각에는 (설명하기 어렵지만) 그러나, 내 생각에는 지상의 가장 비천한 것에까지 고귀함을 부여하는 것이다. 우리가 하고 있는 모든 것을 위대하게 만드는 것, 조물주의 입김이 신성한 능력으로 우리 속에 불어넣어 주신 모든 것의 완전한 발전이다. 내 말을 알아듣겠나? 이것이 바로 내 마음속 깊이 깃들어 있는 '이상'이다.

그러니까 만일 죽을 때까지 충실한 친구를, 많이 꿈꾸고 많은 고통을 겪었기에 인생의 많은 경험을 가진 한 친구의 말을 네가 믿는다면, 또 오직 너의 행복만을 바라고 있는 너의 친구를 믿는다면, 나는 다시 한번 이 말을 되풀이해야겠다. 너는 너를 이해하지 못하는 사람들, 너를 멸시하는 외부 세계의 사람들을 위해서 사는 것이 아니라, 언제나 너만을 생각하고 모든 일을 너와 똑같이 그리고 너와 함께 느끼는 **어떤 사람**(나)을 위해서 살고 있다고!

아! 우리만이 갖고 있는 이 우정의 따스함이 너의 상처 위에 바를 성유가 될 수 있기를! 아, 나의 벗이여!

《D.》

자크는 즉시 여백에 이렇게 갈겨썼다.

용서해다오, 사랑하는 벗이여! 이것은 나의 과격하고 과장되고 환상적인 성격의 잘못이다! 나는 가장 암담한 절망에 빠졌다가는 가장 허황된 희망을 품는다. 배 밑창에 있다가 바로 다음 순간에 구름 위까지 단번에 떠오른다!! 나는 결코 아무것도 지속적으로 사랑할 수 없는 것일까?(너만은 제외하고!!) (그리고 나의 예술도!!!) 이것이 나의 운명이다! 나의 이 고백을 받아다오!

나는 너를 존경한다. 너의 너그러움과 너의 꽃 같은 감수성과 너의 모든 생각과 모든 행동, 그리고 사랑의 열정 속에서까지 엿볼 수 있는 그 진지함을 존경한다. 너의 모든 애정과 모든 감동을 너와 똑같이 느끼고 있다! 우리가 서로 사랑하게 되고, 고독으로 황폐해진 우리의 마음이 다시는 떨어질 수 없는 굳은 결합으로 하나가 될 수 있었음을 하느님께 감사하자!

절대로 나를 버리지 말아다오!

그리고 우리는 서로서로가

우리의 사랑의

열정적인 대상을 가지고 있다는 것을 영원히 기억하자!

《J.》

이어서 두 페이지에 걸친 다니엘의 긴 편지. 늘씬하고 힘있는 필적.

사월 칠일, 월요일.

벗이여,

내일 나는 열네 살이 된다. 작년에 나는 마음속으로 중얼거렸었지. 열네 살하고…. 마치 붙잡을 수 없는 아름다운 꿈이기나 한 것처럼. 세월은 흐르고 우리를 시들게 한다. 그러나 실제로 변한 것은 아무것도 없다. 우리는 늘 우리일 뿐이다. 아무것도 변한 것은 없다. 나 자신이 기운이 빠지고 나이를 먹었다는 느낌 외에는. 어젯밤 나는 잠자리에 들면서 뮈세의 책을 한 권 꺼내 들었다. 지난번에는 처음 몇 줄을 읽을 때부터 부들부들 떨렸었고, 때로는 눈물이 쏟아지기까지 했었다. 어제도 잠 못 이루던 몇 시간 동안 흥분해 있었지만 아무런 감격도 일지 않았다. 시구들이 잘 다듬어졌고 아름다운 조화를 이루고 있다고는 생각했지만…. 오, 허망함이여! 이윽고 시적 감정이 마음속에 우러나, 감미로운 눈물이 쏟아지고, 비로소 나의 마음은 감격에 떨었다.

아! 나의 마음이 메마르지 않기를! 나는 생활이 나의 마음과 감각을 무디게 할까 봐 두렵다. 나는 나이를 먹는다. 이미 '하느님'이라든가 '정신'이라든가 '사랑'이라든가 하는 커다란 관념들이 이전처럼 나의 가슴속에서 뛰고 있지 않다. 그리고 모든 것을 갉아먹는 '회의'가 때때로 나를 삼켜버린다. 아! 어째서 이성으로 따지는 대신에 우리 마음의 온 힘을 다해서 살아가지 못하는 것일까? **우리는 생각을 너무 많이 한다!** 아무것도 돌아보지 않고, 이것저것 생각하지 않은 채 위험을 향해 뛰어드는 젊음의 의기가 부럽다! 내 세계 속에 웅크리고만 있지 말고, 그저 눈을 감고 어떤 고매한 '사상', 순결한 한 이상의 '여성'에게 내 몸을 바칠 수 있었으면 한다! 아, 이러한 출구 없는 갈망이란 너무도 고통스럽다!…

너는 나의 **진지함**을 높이 평가하고 있다. 그러나 반대로 그것이야말로 나의 비참함이고 나의 저주받은 운명이다! 나는 이 꽃에서 저 꽃으로 꿀을 찾아다니는 꿀벌은 아니다. 나는 마치 단 한 송이의 장미꽃 속에 틀어박힌 검은 풍뎅이와 같다. 풍뎅이는 장미꽃 속에서 살다가, 마침내 장미꽃이 꽃잎을 아물어버리면, 이 마지막 포옹 속에서 질식하여, 스스로 선택한 꽃에 안겨 죽는다.

오, 벗이여, 너에 대한 나의 애정도 그처럼 충실하다! 너는 이 황량한 세상에서 나를 위해 피어난 다정한 장미꽃이다. 너의 정다운 가슴속 깊이 나의 어두운 슬픔을 파묻어다오!

《D.》

추신—부활제 방학 동안에 아무 걱정 말고 집으로 편지해도 된다. 어머니는 내 편지에 절대로 손대지 않으신다. (하지만 너무 이상한 얘기는 쓰지 말고!)

졸라의 『패주』를 다 읽었다. 네게 빌려줄 수 있겠다. 아직도 그 감격이 사라지지 않은 채 나의 마음은 떨리고 있다. 힘차고 심오함이 아름답다. 『젊은 베르테르의 슬픔』을 읽기 시작했다. 아, 벗이여, 이것이야말로 모든 책 중의 책이다! 쥐프*의 『그 남자와

* 19, 20세기에 활동한 프랑스 작가.

그 여자들』도 구했지만 우선 『젊은 베르테르의 슬픔』부터 읽을 참이다.

《D.》

자크는 다음과 같이 엄숙한 글을 써 보냈다.

내 벗의 열네 살을 맞이하여

세상에는 낮이면 말할 수 없는 고통으로 괴로워하고, 밤이면 잠을 이루지 못하고, 마음속으로는 관능의 만족으로도 채우지 못한 무서운 공허를 느끼고, 머릿속에서는 모든 능력이 이글이글 끓어오르는 것을 느끼며, 환락의 좌석에서 즐거워하고 있는 모든 친구들 한가운데에 있으면서도 갑자기 시커먼 날개를 펼친 고독이 자기의 마음을 뒤덮는 것을 느끼는 그런 사람이 있다. 또한 세상에는 아무것도 바라지 않고, 아무것도 두려워하지 않고, 삶을 증오하면서도 그것을 버릴 용기가 없는 사람이 있다. 이 사람이 하느님을 믿지 않는 자이다!!!

추신—이 편지를 간직해 두어라. 네 마음이 처량해질 때, 그리고 보람 없이 어둠 속에서 부르짖는 일이 있을 때 이 글을 다시 읽어라.

《J.》

'방학 동안에 공부 좀 했니?'라고 어느 페이지의 위쪽에 다니엘이 물었다. 그리고 자크는 다음과 같이 회답했다.

나는 내 「하르모디우스와 아리스토게이톤*」과 같은 형식의 시 한 편을 완성했다. 첫머리가 꽤 멋있게 되었다.

아베 가이사! 여기 푸른 눈의 갈리아족 여인이 있어…
당신을 위해, 잃어버린 조국의 정다운 춤을 바친다!
마치 눈 내리듯 나는 백조의 무리 아래 강변의 한 송이 연꽃
처럼.

허리는 가볍게 떨면서 휘어지고…
황제여!… 무거운 칼들이 번쩍인다…
보시라! 이는 자기네 고향의 춤이다!…

라는 등등. 그리고 마지막엔 이렇다.

그러나 창백하구나, 가이사여! 슬프도다! 심히 슬프도다!
날카로운 칼끝이 무희의 목을 찔렀다!
술잔은 떨어져 내리고… 눈은 감기고…
피투성이 몸뚱이
달빛 흐르는 밤의 벗은 여체의 춤!

호숫가에서 타오르는 거대한 밝은 불빛 앞에
가이사의 잔치를 위한 금발 여전사의

* 고대 그리스 아테네의 동성 연인. 아테네의 폭군을 암살하여 민주주의의 길을 연 영웅으로 알려져 있다.

춤은 이제 끝났다!

나는 이 시에 「붉은 제물」이라는 제목을 붙였다. 그리고 이 시에 맞는 무용도 있다. 나는 이 무용을 올랭피아 극장*에서 출 수 있도록 저 천사 같은 로이 풀러에게 바치고 싶다. 그 여자가 추어 줄까?

며칠 전부터 나는 정형시로, 특히 고전 시대의 대시인들처럼 운韻을 갖춘 시 형태로 돌아가겠다는 확고한 결심을 했다. (결국 나는 더 어려우니까 그런 시 형태를 멸시했었던 것 같다.) 지난번에 네게 말했던 순교자를 주제로 절마다 운을 갖춘 오드**를 한 편 썼다. 이렇게 시작된다.

나자로회會, 고故 페르부아르 신부께 바침.
1839년 11월 20일 중국에서 순교
1889년 1월 시복식*** 거행.

경배합니다, 오, 성스러운 성직자여. 그대의 숭고한 순교는
놀란 온 누리를 두려움에 떨게 합니다!
허락하시라, 나의 노래가 칠현금 위에 그대를 노래함을
우리 하느님 백성 중에 영웅인 그대를.

* 미국의 무용가 로이 풀러가 파리에서 출연하여 크게 성공했던 극장.
** 서정시의 한 형태.
*** 가톨릭에서 공경의 대상이 될 만한 인물을 성대한 예식을 갖추어 선포하는 행위.

그러나 어젯밤부터 내 진정한 천직이 시를 쓰는 게 아니라 소설을, 그것도 끈기만 있다면 장편 소설을 쓰는 것이라는 생각이 들었다. 그래서 지금 굉장한 테마를 구상 중에 있다. 들어봐라.

한 처녀가 있다. 위대한 예술가의 딸로서 아틀리에의 한구석에서 태어났으며, 그녀 자신도 예술가이다. (말하자면 약간 경박하지만 어쨌든 자기의 이상을 가정생활에 두지 않고 '미'의 표현에 두고 있다.) 그 처녀가 어느 감상적인 부르주아 청년의 사랑을 받는다. 그는 처녀의 야성적인 미에 매혹된 것이다. 그러나 오래지 않아 두 사람은 서로를 격렬하게 증오하게 되고 결국은 헤어진다. 그 뒤에 청년은 어떤 시골 처녀와 정숙한 가정생활을 꾸리게 되고, 처녀는 사랑의 상처를 안고 방탕한 생활에 빠지게 된다. (혹은 그녀의 천재성을 하느님을 위해 바친다. 어떻게 할지는 생각 중이다.) 대체로 이런 줄거리인데, 이에 대한 네 생각은 어떤지?

아, 아무런 기교도 부리지 말고 천성을 그대로 따를 것. 그리고 자기 자신이 창조하기 위하여 태어났다고 자각할 때는 자기가 가장 중대하고 가장 아름다운 사명을 띠고 있으며 완성해야 할 중대한 의무를 가지고 있다고 생각할 것! 그렇다! 성실할 것! 모든 일에, 그리고 항상 성실할 것! 아, 이런 생각이 얼마나 가혹하게 나를 쫓아다니는지! 천만번이나 나는 나 자신 속에 모파상이 『물 위』에서 말하고 있는 가짜 예술가, 가짜 천재의 거짓을 발견하는 듯했다. 그러면 나는 구역질이 나는 걸 느끼곤 했다. 오, 사랑하는 나의 벗이여, 너를 나에게 주신 하느님께 얼마나 감사하고 있는지 모른다. 우리가 자기 자신을 분명히 알기 위하여, 그리고 우리가 자신의 진정한 천성에 환상을 품지 않기 위하여 우리는 영원토록 얼마나 서로 필요한지!

나는 너를 열렬히 사랑한다. 나는 지금 오늘 아침과 같이 열렬히 네 손을 잡는다. 알지? 무한한 기쁨 속에 전적으로 너의 것인 나의 온몸을 다 바쳐서!

주의해. QQ가 고약한 눈초리로 우리를 주시했다. 그자는 우리가 고귀한 사상을 가지고 있으며, 자기가 살루스티우스*를 읽는 동안에 우리가 그 고귀한 생각들을 친구에게 전하고 있다는 것은 상상도 못 할 것이다!

《J.》

또 하나의 자크의 편지. 단숨에 갈겨썼기 때문에 거의 알아볼 수 없었다.

Amicus amico!**

내 마음은 너무 부풀어 올라 터질 것만 같다! 나는 이 끓어넘치는 파도를 이 종이 위에 쏟을 수 있는 한 쏟아볼 생각이다.

고민하고 사랑하고 희망하기 위해 태어난 나는 희망하고 사랑하고 고민하고 있다! 내 일생의 이야기는 단 두 줄로 요약될 수 있다. 나에게 살아가는 힘을 주는 것은 사랑. 그리고 나에게는 단 하나의 사랑이 있을 뿐인데, 그건 너다!

어렸을 때부터 나는 내 마음속에서 끓어오르는 이 열정을 모든 면에서 나를 이해해주는 어떤 사람의 마음속에 쏟아 넣을 필

* 기원전 로마의 역사가.

** 라틴어로 '친구로부터 친구에게'라는 뜻.

요를 느끼고 있었다. 지나간 시절에 나는 형제처럼 생각되던 가공의 인물에게 얼마나 많은 편지를 썼는지 모른다! 그러나 애처롭게도 나의 마음은 취한 듯이 나 자신의 마음에 이야기했을 뿐이다. 아니 편지를 썼던 것이다! 그러나 갑자기 하느님은 이 이상理想에게 육신을 주시길 원하셨고, 그리고, 오, 사랑하는 벗이여, 그것이 너라는 존재로 구현되었다! 어떻게 해서 시작되었던가? 지금 생각하면 모를 일이다. 한 매듭 한 매듭 더듬어보아도 빠져나갈 수 없는 미궁에서 헤맬 뿐, 그 시작을 찾을 도리가 없다. 하지만 우리의 사랑처럼 숭고하고 열렬한 것이 또 있을 수 있을까? 이 사랑에 견줄 만한 것을 아무리 찾아보아야 헛된 수고일 뿐이다. 우리의 크나큰 비밀에 견주어보면 모든 것은 빛을 잃는다! 이것이야말로 우리 둘의 존재를 따뜻하게 해주고 빛나게 해주는 하나의 태양이다! 그러나 이 모든 것은 글로 표현할 수 없다! 글로 쓴다는 것은 한 송이의 꽃을 찍은 사진과 같다!

이젠 그만 쓰겠다!

아마도 너는 도움과 위로와 희망이 필요할 텐데, 나는 애정의 말은커녕 고작 자신을 위해서밖에 살지 못하는 에고이스트의 마음의 한탄만을 적어 보내는구나. 사랑하는 벗이여, 용서해다오! 다른 말은 쓸 수가 없다. 나는 지금 위기를 겪고 있다. 지금 나의 마음은 산골짜기의 자갈밭보다도 더 메말라 있다! 모든 것에 대한 불안, 또 나 자신에 대한 불안, 이것이 가장 잔인한 괴로움이 아닐까?

나를 경멸해다오! 다시는 내게 편지를 쓰지 말아라! 다른 사람을 사랑해라! 나는 이미 너라는 선물을 받을 만한 자격이 없는 놈이다!

오, 운명의 장난이여, 너는 나를 어디로 끌고 가느냐? 어디로?? 허무로!!!

편지를 보내다오! 네가 없다면 나는 죽어버릴 것이다!

Tibi eximo, carissime![*]

《J.》

비노 신부는 노트의 마지막에, 도망가기 바로 전날 선생이 빼앗아둔 편지 한 장을 끼워놓았었다.

자크의 필적이었다. 알아볼 수 없게 연필로 갈겨쓴 편지였다.

비겁하게도 증거도 없이 비난하는 자들, 그 자들에게 '치욕'이 있으라!

치욕과 재앙이!

이 모든 음모는 비열한 호기심에서 비롯된 것이다! 그자들은 우리의 우정을 헤집어놓으려 했고, 그 방법은 치사스럽기 짝이 없다!

비겁한 타협은 하지 말자! 폭풍을 무릅쓰고 나가자! 그렇지 않으면 차라리 죽는 편이 낫다!

우리의 사랑은 욕설과 위협 위에 의연히 솟아 있다!

그 증거를 보여주자!

영원히 너의 것인

《J.》

* 라틴어로 '너에게, 사랑하는 친구여'라는 뜻.

7

그들은 그 일요일 밤 자정이 지나서 마르세유에 도착했다. 이미 흥분은 가라앉아 있었다. 그들은 어둠침침한 찻간의 나무 의자에서 몸을 웅크리고 잤다. 기차가 정거장으로 들어가는 소리와 전차대電車臺의 요란한 소리에 둘은 벌떡 깨어났다. 그리고 기차에서 내려 눈을 껌벅거리며, 아무 말 없이, 미몽에서 깨어나 불안한 마음으로 플랫폼에 서 있었다.

잘 곳을 구해야 했다. 정거장 맞은편의 '호텔'이란 글씨가 쓰여 있는 하얀 전등 불빛 아래에서 주인이 손님을 끌기 위해 지켜보고 있었다. 둘 중에서 침착한 편인 다니엘이 하룻밤을 잘 텐데 침대가 둘 있는 방이 있느냐고 물었다. 주인은 당연히 의심하는 빛으로 이것저것 캐물었다. (어떻게 대답할 것인지는 이미 다 준비되어 있었다. 파리역에서 잊고 온 짐보따리를 가지러 가느라 아버지는 기차를 놓쳐버렸다는 것. 아마 그는 내일 첫차로 도착하리라고 했다.) 호텔 주인은 휘파람을 불며 험상궂은 눈초리로 두 소년을 노려보았다. 마침내 그는 숙박부를 펼쳤다.

"이름을 써요."

그는 다니엘에게 말했다. 다니엘이 형인 것 같아 보이기도 했지만—다니엘은 열여섯은 되어 보였다—그보다도 얼굴 생김새며 전체적인 모습이 어딘가 위엄이 있어 보였기 때문이다. 다니엘은 호텔 안으로 들어서며 모자를 벗었다. 그러나 그것은 주눅이 들어서 그런 것은 아니었다. 그가 모자를 벗고 팔을 내리는 몸짓에는 특색이 있었다. 그리고 그것은 마치 '내가 모자를 벗는 것은 특별히 당신을 위해서가 아니라, 다만 예의를 갖추려고 벗은 것뿐이에요'라고 말하는 것 같았다. 좌우로 가지런히 갈라진 그의 검은 머리는 유난히 흰 이마 한복판에 뚜렷이 옴폭 들어간 모양을 만들고 있었다. 그의 긴 얼굴은, 선이 분명하고 의지가 강하면서도 조용하며 난폭한 데라고는 조금도 보이지 않는 턱까지 길게 뻗어 내리고 있었다. 그의 시선은 겁먹은 빛도 없이, 그렇다고 도전적인 기색도 없이 호텔 주인의 질문을 받아넘겼다. 그리고 숙박부에 조르주 그리고 모리스 르그랑이라고 썼다.

"방값은 하루에 칠 프랑이오. 선불입니다. 첫차는 다섯시 반에 도착하니까 그때 깨워드리리다."

둘은 배가 고파 죽을 지경이었으나 감히 말을 못 했다.

방 안의 가구라고는 침대 둘, 의자 하나, 그리고 세면기 하나뿐이었다. 방 안에 들어섰을 때 그들은 서로 보는 앞에서 옷을 벗어야 한다는 생각에 똑같이 곤혹스러움을 느꼈다…. 졸음이 싹 달아나버렸다. 이 거북한 순간을 늦추기 위해 그들은 침대 위에 걸터앉아 가진 돈을 계산해보았다. 다 합쳐서 백팔십팔 프랑이었다. 그것을 둘이 나누어 가졌다. 자크는 호주머니를 뒤져서 작은 코르시카 단도 하나와 오카리나* 하나, 이십오 상팀짜리 단테의 번역판 한 권, 그리고 절반쯤 녹아버린 초콜릿 하나를 꺼내었다. 그는 초콜릿 반쪽을 다니엘에게 주었다. 그러고 나서 둘은 어찌해야 할지 모르고 있었다. 다니엘이 시간을 보내기 위해 구두끈을 풀었다. 자크도 그대로 했다. 마침내

* 작은 취주 악기.

다니엘이 결심을 했다. 그는 이렇게 말하며 촛불을 훅 불어 껐다. "그럼, 불 끈다… 잘 자." 그리고 둘은 아무 말도 하지 않고 얼른 자리 속으로 기어들어 갔다.

다음 날 아침, 다섯 시도 되기 전에 방문을 두드리는 소리가 났다. 그들은 어슴푸레한 새벽 여명을 등불 삼아 유령처럼 옷을 입었다. 무슨 말이든 해야 할 것이 겁이 나서 그들은 주인이 준비해놓은 커피도 거절하고는 떨리고 허기진 몸으로 정거장 식당까지 갔다.

정오까지 둘은 마르세유 시가지를 빠짐없이 다 돌아다녔다. 대낮이 되고 자유의 몸이라는 데 생각이 미치자 둘에게 다시금 담력이 생겼다. 자크는 여러 가지 인상을 적으려고 수첩 한 권을 샀는데, 이따금 멈춰 서서 영감이 떠오른 듯한 눈길로 거기에 무엇인가를 쓰곤 했다. 그들은 빵과 소시지를 사서 부둣가로 내려가, 말아놓은 동아줄 위에 자리 잡고 앉아서 앞에 정박해 있는 큰 기선들이며 끊임없이 흔들거리는 범선들을 바라보았다.

선원 한 명이 와서 동아줄을 풀려고 그들을 일으켰다.

"저 배들은 어디로 가는 건가요?" 하고 자크가 용기를 내어 물어보았다.

"배에 따라 다르지. 어느 배 말이냐?"

"저 큰 거요."

"마다가스카르로."

"그래요? 좀 있으면 떠나는 걸 볼 수 있어요?"

"아냐, 저 배는 목요일에 떠나. 하지만 배 떠나는 걸 보고 싶거든 이따 저녁 다섯시에 와봐. 저기 있는 라파예트호가 튀니지로 떠나니까."

둘은 그만하면 다 안 셈이었다.

"튀니지." 하고 다니엘이 말했다. "그건 알제리가 아닌데…."

"그래도 역시 아프리카임에는 틀림없어." 하고 자크가 빵을 한 입 물어뜯으며 말했다. 상자 더미에 기대어 쪼그리고 앉아 있는 그는 좁은 이마 위에 마치 잡초처럼 뻣뻣하고 더부룩하게 돋아난 적갈색 머리털이며, 뼈마디가 단단한 머리 옆으로 쫑긋하게 솟은 귀, 가느다란 목, 거기에다가 못생긴 조그만 코를 쉴 새 없이 찡그리는 모습이 마치 너도밤나무의 열매를 갉고 있는 한 마리의 다람쥐 같았다.

다니엘은 먹기를 멈추었다.

"있지… 여기에서 그들한테 편지를 보내면 어떨까? 떠나기 전에…."

자크의 눈초리가 그의 말을 중단시켰다.

"너 정신 나갔니?" 자크는 입에 빵을 가득 문 채 소리쳤다. "우리가 내리자마자 잡으러 오라고?"

그는 화난 얼굴로 친구를 바라보았다. 볼품없는 얼굴, 주근깨가 박혀 더욱 밉살스러워 보이는 얼굴에 싸늘한 푸른빛을 띤 작고 험상궂고 고집 센 두 눈이 세찬 생기를 지니고 있었다. 그리고 그 시선은 수시로 변하고 있어서 거의 종잡을 수 없었다. 어떤 때는 진지한 표정인가 하면 금세 장난기로 변하고, 또 때로는 부드럽고 다정스럽기까지 하다가도 갑자기 심술궂고 냉혹해지며, 또 어떤 때에는 눈물을 글썽이기도 하지만 대개는 메마르고 불을 뿜는 듯해서 무엇에도 감동되지 않을 것처럼 보였다.

다니엘은 대꾸하려다가 입을 다물었다. 그는 타협하는 듯한 표정으로 자크가 화내는 것을 아무 저항 없이 바라보고 있었다. 그리고 미안하다는 듯이 미소를 띠었다. 그의 미소는 독특했다. 입술이 치켜진 그의 작은 입이 슬쩍 왼쪽으로 올라가며 치아가 드러났다. 그리고 이러한 뜻밖의 명랑한 모습은 그의 진지한 얼굴에 매력적인 환상 같은 것이 감돌게 했다.

왜 이 사려 깊은 큼직한 소년이 저 개구쟁이 소년의 기세를 꺾으려 하지 않는 것일까? 그가 받은 교육이라든가 지금 누리고 있는 자유가 왜 다니엘로 하여금 자크에게 연장자로서의 부정할 수 없는 권리를 행사하게 하지 않았던 것일까? 더구나 그들이 서로 알게 된 중학교에서도 다니엘은 우수한 학생이었고 자크는 게으름뱅이였다. 명석한 다니엘의 두뇌는 남들의 기대보다 항상 앞질러 나갔었다. 반대로 자크는 공부를 게을리했다기보다 아예 공부는 하려고 들지도 않았다. 지능이 부족했기 때문이었을까? 그렇지는 않았다. 다만 불행히도 그의 지능은 공부와는 전혀 거리가 먼 다른 방향으로만 뻗어나갔던 것이다. 그의 마음속에는 악마가 도사리고 있어서 항상 그에게 엉뚱한 행동만을 시키는 것이었다. 그는 여태껏 그 악마의 유혹을 단 한 번도 물리친 적이 없었다. 더군다나 그는 그런 일에 조금도 가책을 느끼지 않고 오직 그 악마의 변덕을 만족시키려는 것만 같았다. 가장 이상한 일은 그가 모든 점에서 반에서 꼴찌였음에도 불구하고 같은 학급의 친구들은 물론 선생들까지도 그에게 어떤 흥미를 느끼지 않을 수 없었다는 점이다. 습관과 규율의 영향 아래에서 개성을 잃고 있는 대부분의 학생들 틈에서,

또 나이를 먹었고 나날의 판에 박힌 생활 때문에 정력이 다 소모되어버린 선생들 곁에서, 이 볼품없는 얼굴의 게으름뱅이는 항상 솔직하고 강한 자기 의사를 폭발시키면서, 자기만을 위해 자기 스스로가 만들어놓은 가상의 세계 속에 살고 있는 것 같았고, 위험을 두려워할 줄 모르며 모든 엉뚱한 모험에 서슴없이 뛰어들곤 했었기 때문에 이 작은 괴물은 공포심을 불러일으키면서도 한편으로는 무의식적인 어떤 존경심마저 자아내게 했던 것이다. 다니엘은 자기보다 세련되지는 못했지만 개성이 풍부하여 끊임없이 자기를 놀라게 하고 가르침을 주는 이 소년의 매력을 제일 먼저 느낀 사람 가운데 하나였다. 게다가 그 자신 역시 무엇인가 격정적인 면이 있었고, 자유와 반항을 열망하는 성격을 지니고 있었다. 한편 자크는 가톨릭 학교의 준기숙생*이며, 종교적 생활 형식이 커다란 비중을 차지하고 있는 가정에서 태어났기 때문에, 처음에는 자신을 둘러싸고 있는 장벽을 또 한 번 뛰어넘어 본다는 쾌감 때문에 이 프로테스탄트 소년의 관심을 사려고 했었다. 그는 이 소년을 통해 자기의 세계와는 대립되는 세계를 이미 예감하고 있었다. 그리고 몇 주일 안 가서 그들의 우정은 불길처럼 뜨거운 열정으로 변했으며, 저마다 자신도 모르게 괴로워하고 있던 정신적인 고독에 대한 위로를 상대방에게서 찾아내게 된 것이다. 청순한 사랑, 신비한 사랑, 그 속에서 그들의 청춘은 미래를 향해 똑같은 설렘으로 융합되고 있었다. 그들 열네 살짜리 소년의 마음을 휩쓸고 있던 격렬하면서도 서로 모순되는 온갖 감정, 누에 키우

* 등하교는 집에서 하는 학생.

기나 글자 맞추기 놀이에 대한 열정에서부터 그들 내부의 은근한 비밀들, 그리고 하루하루를 살아가면서 그들 마음속에 일어나는 삶에 대한 열광적인 호기심에 이르기까지 모든 감정이 두 소년에게 공통되었다.

다니엘의 말 없는 미소는 자크의 흥분을 가라앉혔다. 자크는 다시 빵을 베어 먹기 시작했다. 그의 얼굴 하관은—그것은 티보가家 특유의 턱이었다—꽤나 상스럽게 보였다. 그리고 지나치게 큰 입에다가 입술은 늘 터져 있었다. 못생긴 입이기는 했지만, 그래도 표정이 있고 독선적이며 육감적이었다. 그는 고개를 들었다.

"두고봐, 난 알아" 하고 그는 단정적으로 말했다. "튀니지에 가면 살기가 아주 쉬워! 일하겠다고 나서기만 하면 아무에게나 일자리를 주거든. 베텔이라는 걸 씹는데, 맛이 아주 희한하대…. 품삯도 바로 주고, 먹을 것도 없는 것이 없어. 대추야자 열매니, 귤이니, 반석류 열매*니…."

"거기에 가선 편지를 보내야지?" 다니엘이 용기를 내어 말했다.

"글쎄." 자크는 다갈색 이마를 흔들며 다니엘의 말을 수정했다. "다만 우리 생활이 안정되고 우리가 자기네들 없이도 살아갈 수 있다는 걸 보여줄 수 있게 되었을 때라야 쓰는 거지."

둘은 입을 다물었다. 다니엘은 이제 먹기를 그만두고 눈앞의 커다란 선체들이며 햇빛에 반짝이는 포석 위에서 우글거리는 노동자들이며, 복잡하게 얽혀 있는 돛대들 너머 멀리 보이

* 구아버.

는 눈부신 수평선을 바라보고 있었다. 그는 어머니 생각을 하지 않으려고 주위 경치에 주의를 쏟으며 마음속으로 싸우고 있었다.

중요한 것은 그날 저녁 라파예트호를 타는 것이었다.

카페의 보이가 선박회사 사무실을 가르쳐주었다. 승선료가 게시되어 있었다. 다니엘이 창구를 들여다보았다.

"아버지 심부름으로 왔는데요, 튀니지로 가는 삼등표 두 장만 주세요."

"아버지 심부름으로?" 늙은 매표원이 하던 일을 계속하며 물었다. 밖에서는 서류 더미 위로 그의 더부룩한 회색 머리카락밖에 보이지 않았다. 그는 무엇인가 오랫동안 썼다. 두 소년의 마음은 조마조마했다.

"그럼 말이야," 이윽고 매표원은 얼굴도 들지 않은 채 입을 열었다. "아버지한테 가서 직접 오셔야 한다고 그래. 신분증도 가지고 말이다. 알았지?"

두 소년은 사무실 안에 있는 사람들이 그들을 유심히 바라보고 있는 것을 느꼈다. 그들은 아무 대답도 못 하고 그곳을 빠져나왔다. 화가 난 자크는 두 손을 주머니 속 깊숙이 찔러 넣었다. 그의 상상력은 벌써 여러 가지 방도를 궁리하고 있었다. 소년 선원으로 취직하거나, 아니면 먹을 것을 가지고 못을 박은 궤짝 틈에 고리짝처럼 숨어서 여행하거나, 아니면 차라리 작은 배를 한 척 빌려서 낮에는 해안을 따라 조금씩 배를 저어가고, 밤이면 선창에 닻을 내리고 주점의 테라스에서 피리를 불어 돈을 벌면서 지브롤터를 거쳐 모로코까지 가거나.

다니엘은 생각에 잠겨 있었다. 그는 방금 또다시 내면의 경고를 들었다. 집을 떠난 뒤에 벌써 여러 번 듣는 경고였다. 그러나 이번만은 도저히 그 소리로부터 도망칠 수 없었다. 그 소리를 똑똑히 의식해야만 했다. 그의 마음속에서 불만에 찬 목소리가 반대하고 있었다.

"저기, 그냥 마르세유에서 잘 숨어 있으면 어떨까?" 하고 다니엘이 제안했다.

"이틀도 못 가 잡히고 말 거야" 하고 자크가 어깨를 으쓱하며 대꾸했다. "오늘도 벌써 사방으로 우릴 찾고 있을 거야. 틀림없어."

다니엘은 제니에게 이것저것 캐묻고 있을 어머니의 근심에 찬 모습이 눈에 선했다. 그리고 아들의 일이 궁금해서 교감을 찾아 나서는 어머니의 모습도 떠올랐다.

"그런데 말이야" 하고 그는 입을 열었다. 그의 호흡이 가빠졌다. 그가 벤치를 하나 발견했다. 둘은 거기에 앉았다. "이젠 생각을 좀 해볼 때인 것 같아." 그는 용기를 내어 말을 계속했다. "아무튼 우리를 찾느라고 이삼일 동안 애를 먹었을 테니까 그것으로 그들도 벌을 받은 셈이 아닐까?"

자크가 두 주먹을 불끈 쥐었다.

"아냐, 아냐. 절대 아냐!" 그는 큰소리로 외쳤다. "넌 벌써 다 잊었니?" 신경질적인 그의 몸은 긴장된 나머지 벤치에 앉아 있다기보다 마치 나무토막이 벤치 위에 걸쳐 있는 것같이 보였다. 그의 눈은 학교, 신부, 중학교, 교감, 아버지, 사회, 이 세상 전반에 걸쳐 있는 불의에 대한 원한으로 불을 뿜고 있었다. "그 자들은 절대로 우릴 믿어주지 않을 거야!" 그는 소리쳤다. 그의 목소리가 거칠어졌다. "우리의 회색 노트를 훔쳐 갔단 말이야!

그자들은 이해 못 해. 이해할 수 없는 자들이란 말이야! 그놈의 신부가 나를 자백시키려고 별짓 다 하는 꼴을 네가 좀 봤더라면! 그 위선적인 꼴을 말이야! 네가 프로테스탄트라고 해서 넌 무슨 짓이든지 다 한다고 알고 있더라니까!…”

그는 창피해서 눈길을 돌렸다. 다니엘도 눈을 내리깔았다. 어머니가 혹시 어떤 끔찍스러운 의심이라도 받게 되지나 않았을까 하는 생각이 떠오르자 고통으로 그의 가슴은 찢어지는 것 같았다.

“그자들이 엄마한테 말할까…?”

그러나 자크는 다니엘의 말을 듣고 있지 않았다.

“아니야, 아니야. 절대로 아니야!” 그는 거듭 외쳤다. “너 약속을 잊은 건 아니겠지? 아무것도 달라진 건 없어! 이젠 그런 구박은 지긋지긋해! 끝장이야! 우리가 어떤 인간인지를, 우리도 저들 없이 잘 살 수 있다는 걸 행동으로 보여주기만 해봐. 그러면 우릴 얼마나 존경하겠느냐 말이야! 해결책은 단 하나밖에 없어! 이 나라를 떠나서 자기네 도움 없이 우리 힘으로 사는 걸 보여주는 거야. 그뿐이야! 그런 다음에는, 좋아. 우리가 어디에 있는지를 편지로 알리고 조건을 내세우는 거야. 우리들은 생사를 같이할 친구니까 우리가 계속 친구로 지내겠으며 자유롭게 지내겠다는 것을 선언하는 거야!” 그는 입을 다물었다. 흥분을 가라앉히고는 아주 침착한 어조로 이야기를 계속했다. “그렇게 못한다면, 전에도 말했지만, 난 죽어버릴 테야.”

다니엘은 놀란 시선으로 그를 보았다. 주근깨가 박힌 작고 창백한 그의 얼굴 표정은 단호했고, 허풍이라고는 전혀 보이지 않았다.

"난 정말이지, 다신 놈들의 손아귀에 안 들어갈 거야! 그전에 본때를 보여주겠단 말이야. 도망가든지, 아니면 이거야…." 그는 일요일 아침에 형의 방으로 뛰어 들어가 가지고 나온 코르시카 단도를 조끼 밑으로 내보였다. "혹은 이거든지…." 그는 호주머니에서 종이로 싸서 실로 동여맨 조그만 약병 하나를 꺼냈다. "이제 와서 네가 나하고 같이 배를 타는 게 싫다면, 뭐, 간단하지. 꿀꺽!…" 그는 병에 든 것을 삼키는 흉내를 냈다. "…그럼 난 뻗어버리는 거야."

"그게 뭔데?" 다니엘이 떠듬거리며 물었다.

"요오드팅크." 자크는 눈을 내리깔지도 않고 똑똑한 발음으로 말했다.

다니엘은 애원했다.

"그거 이리 줘, 티보…."

다니엘은 겁이 나면서도 애정과 감탄으로 가슴이 뿌듯해옴을 느꼈다. 그는 자크의 이상한 매력에 사로잡혔다. 게다가 모험에 대한 호기심이 다시 한번 그의 마음속에서 고개를 들었다. 이미 자크는 그 병을 호주머니 깊숙이 집어넣은 뒤였다.

"걷자." 그는 침울한 눈빛을 띠고 말했다. "앉아 있으면 생각이 잘 안 나."

네시에 그들은 부두로 다시 돌아왔다. 라파예트호 주위는 몹시 소란스러웠다. 어깨에 궤짝들을 짊어진 막노동꾼들의 행렬이 마치 알을 나르는 개미 떼처럼 배에 걸쳐놓은 작은 판자 다리 위를 끊임없이 건너가고 있었다. 두 소년도, 자크가 앞장서서 그 행렬에 끼어들었다. 깨끗하게 닦아놓은 갑판 위에서는 수부들이 커다랗게 열린 구멍 위로 권양기를 움직이면서 짐짝들을 선창으로 떨어뜨리고 있었다. 매부리코에 말발굽 모양의 수염을 기르고, 털은 검고 살가죽은 불그레하며 번지르르하고 키가 땅딸막한 사나이가 소매에 금줄을 두른 파란 저고리를 입고 작업을 지휘하고 있었다.

마지막 순간에 자크는 비켜서고 말았다.

"실례합니다, 아저씨." 다니엘이 천천히 모자를 벗으며 말했다.

"저, 이 배의 선장이십니까?"

사나이는 웃었다.

"왜?"

"제 동생하고 둘인데요, 아저씨. 혹시…" 말을 채 끝내기도 전에 다니엘은 잘못했다는 것, 그리고 다 틀렸다는 것을 감지했다. "…우리도 같이 떠날 수 없을까 하고… 튀니지까지요…."

"이대로? 단둘이서?" 하고 사나이는 눈을 껌벅이며 물었다. 무엇인가 대담하면서도 약간의 광기마저 감도는 그의 핏발이 선 두 눈은 말보다 더 많은 것을 이야기하고 있었다.

다니엘은 미리 준비한 거짓말을 계속하는 수밖에 달리 도리가 없었다.

"우리들은 아버지를 만나러 마르세유로 왔습니다. 그런데 아버지는 튀니지의 어느 논에 일자리를 얻어 가셨어요. 그래서… 우리들도 오라는 편지를 받았어요. 뱃삯을 치를 돈도 있습니다" 하고 그는 알아서 덧붙였다. 생각나는 대로 그런 말을 하자마자 그 말도 앞서 한 말이나 마찬가지로 서툴렀다는 것을 깨달았다.

"좋다. 그런데 여기선 누구네 집에 묵고 있니?"

"어느… 어느 집에도 안 묵었어요. 정거장에서 곧장 이리로 왔어요."

"마르세유에는 아무도 아는 사람이 없어?"

"어… 없어요."

"그래 오늘 저녁에 배를 타겠다는 거냐?"

다니엘은 하마터면 아니요라고 대답하고 달아나버릴 뻔했다. 그는 떠듬거리며 말했다.

"네, 아저씨."

"그래, 이놈들아." 사나이는 빈정거리며 말했다. "네 이놈들 우리 대장한테 걸려들지 않은 걸 천만다행인 줄 알아라. 우리 대장은 이따위 수작은 질색이니까. 단박에 너희놈들을 꽁꽁 묶어 경찰서로 끌고 가서 모조리 실토시키고 말았을 게다…. 하기야 그따위 나쁜 놈들에겐 그럴 수밖엔 별도리가 없지" 하고 그는 버럭 소리를 지르며 다니엘의 소매를 덥석 붙잡았다. "이봐, 샤를로, 그 꼬마 녀석 좀 꼭 잡아, 난…."

눈치를 챈 자크는 짐 더미를 부리나케 뛰어넘어, 허리를 홱 돌려 샤를로의 내민 팔을 뿌리치고 서너 걸음에 다리까지 뛰어가서는 원숭이처럼 짐꾼들 틈에 살짝 끼여 부두 위로 뛰어내려서서 왼쪽으로 냅다 달렸다. 그런데 다니엘은? 그는 뒤돌아보았다. 다니엘 역시 달아나고 있었다! 자크는 이번에는 다니엘이 개미 떼 같은 짐꾼의 행렬을 밀치며 사다리를 굴러 내려 부두 위로 뛰어내리더니 오른쪽으로 달려가는 것을 보았다. 한편 선장인 줄 알았던 사나이는 뒤 갑판에 비스듬히 기대서서 그들이 도망치는 꼴을 웃으며 바라보고 있었다. 자크는 다시 뛰기 시작했다. 나중에 다시 만나게 되겠지. 지금은 사람들 틈에 끼여 될 수 있는 대로 부두에서 멀리 달아나야 한다!

십오 분쯤 지난 뒤에 자크는 숨이 턱에 닿아 어느 교외의 인적 없는 한길에서 발을 멈추었다. 처음에는 다니엘이 붙잡혔을지도 모른다는 생각에 비열한 희열 같은 것을 느꼈었다. 그래도 싸지. 우리의 계획이 실패한 것은 다니엘 때문이 아닌가? 그는 다니엘이 미웠다. 그래서 이제는 다니엘을 팽개치고 혼자 시골로 도망가버릴까 하는 생각까지 했다. 그는 담배를 사서 피워 물었다. 그러나 도시의 새로 생긴 한 구역을 가로질러 멀리 빙 돌다보니까 결국 다시 부두 쪽으로 되돌아오고 말았다. 라파예트호는 여전히 움직이지 않고 있었다. 그는 삼층으로 되어 있는 갑판 위에 빽빽이 들어선 얼굴들을 멀리서 바라보았다. 배는 출범 준비를 하고 있었다. 자크는 이를 부드득 갈고는 발길을 되돌렸다.

그는 누구에게든 화풀이를 해야겠기에 다니엘을 찾기 시작했다. 이 골목 저 골목을 누비고 다니다가 라 카네비에르路*로 들어서서 한동안 복잡한 군중 속을 헤매다가 다시 되돌아왔다. 폭풍 직전의 숨 막힐 듯한 무더위가 도시를 무겁게 짓누르고 있었다. 온몸이 땀에 흠뻑 젖었다. 이 많은 사람들 가운데서 다니엘을 어떻게 찾는담? 친구를 찾는다는 것이 절망적으로 여겨지면 여겨질수록 그를 다시 찾아야겠다는 욕망이 더욱더 강렬해졌다. 입술은 더위와 담배로 바싹 말라서 타는 것 같았다. 이제는 사람들의 눈에 뜨일 것도 겁내지 않고, 멀리서 들

* 마르세유에서 가장 번화한 거리.

려오는 천둥소리에도 아랑곳없이 그는 이리저리 사방으로 뛰어다녔다. 다니엘을 찾다 못해 나중에는 눈이 아파왔다. 갑자기 거리의 모습이 변했다. 햇빛이 포석 깔린 길로부터 올라오는 것 같았고, 건물의 정면들이 자주색 하늘 위로 뚜렷이 드러나 보였다. 소나기가 가까이 몰려왔다. 굵은 빗방울이 보도 위에 떨어지며 별꽃을 피우듯 튀기 시작했다. 아주 가까이에서 꽝 하고 울려오는 천둥소리에 자크는 소스라치게 놀랐다. 그는 둥근 기둥이 늘어서 있는 어느 건물의 정면 계단 밑을 지나가고 있었다. 한 성당의 입구가 그의 눈앞에 열려 있었다. 그는 성당 안으로 들어갔다.

그의 발자국 소리가 성당의 둥근 천장 밑에서 울렸다. 낯익은 향내가 콧속으로 스며들었다. 그러자 그는 금방 위안과 안도감을 느꼈다. 이제 그는 혼자가 아니었고 어떤 초자연적인 존재가 그를 감싸주고 있었다. 그러나 그와 동시에 새로운 공포감이 그를 사로잡았다. 집을 떠나온 뒤로 그는 단 한 번도 하느님을 생각해본 일이 없었다. 그런데 지금 갑자기 보이지 않는 그 '시선'이 그를 굽어보고 있는 것만 같았다. 그것은 그의 마음속 깊이 숨겨져 있는 많은 생각들을 꿰뚫고 들여다보고 있는 것 같았다! 그는 자기가 큰 죄인이며, 자기가 여기에 있는 것은 이 성스러운 곳을 더럽히는 것이며, 따라서 하느님이 하늘 꼭대기에서 벼락을 내릴 수도 있다는 생각이 문득 들었다. 지붕들 위로 비가 퍼붓고 있었다. 번쩍이는 번갯불이 제단 뒤의 색유리창을 환히 비추곤 했다. 천둥이 거듭 치면서 마치 죄인을 찾고 있다는 듯이 둥근 성당 천장 아래, 소년의 주위에서 요란한 소리를 냈다. 자크는 기도대에서 무릎을 꿇고 조아려

머리를 숙이고는 재빨리 주기도문과 성모송을 몇 번씩 중얼거렸다….

이윽고 뇌성벽력이 뜸해지면서 한결 고른 햇살이 색유리창을 통해 들어왔다. 폭풍우가 그쳤다. 당장의 위험은 지나갔다. 그는 어쩐지 속임수를 써서 붙잡히지 않은 것 같은 기분이 들었다. 그는 걸상에 앉았다. 그의 마음 깊은 곳에는 아직도 죄를 지었다는 느낌이 남아 있었다. 그러나 심판을 모면했다는 맹랑한 자부심은, 그것이 설사 겁에 질려서 그랬던 것이라 할지라도 달콤한 쾌감이 없지는 않았다. 땅거미가 지고 있었다. 그는 거기에서 무엇을 기다리고 있는 것일까? 마음이 가라앉고 긴장이 풀린 그는 마치 성당의 용도가 다른 목적에 쓰이기라도 하는 듯 막연한 불만과 권태를 느끼면서 제단 주위에서 가물거리고 있는 촛불들을 물끄러미 바라보았다. 성당지기가 문을 닫으러 왔다. 그는 기도도 하지 않고, 무릎도 꿇지 않고, 도둑처럼 그곳을 도망쳐 나왔다. 그는 자신이 하느님의 용서를 받지 못한 채 그 자리를 떠난다는 것을 잘 알고 있었다.

시원한 바람이 젖은 거리를 말리고 있었다. 행인들은 별로 없었다. 다니엘은 어디에 있을까? 자크는 그에게 무슨 불행한 일이라도 일어난 것이 아닐까 상상해보았다. 그러자 눈물이 핑 돌아 눈앞이 흐려졌다. 그는 눈물을 참기 위해서 걸음을 재촉했다. 만일 그때 갑자기 다니엘이 차도를 건너 이쪽으로 걸어오는 모습을 보았다면 그는 북받쳐 오르는 애정으로 기절이라도 했을지 모른다.

아쿨 성당의 종각에서 여덟시를 쳤다. 집집마다 창문에 불이 켜져 있었다. 그는 배가 고파서 빵을 샀다. 그리고 더 이상 행인들을 살펴볼 생각도 않고 절망에 빠져 그저 앞으로 걷기만 했다.

두 시간 뒤에 피로에 지쳐 기진맥진해진 그에게 어느 쓸쓸한 한길 한쪽 끝의 나무 아래에 놓인 벤치가 눈에 띄었다. 그는 거기에 앉았다. 플라타너스에서 물방울이 뚝뚝 떨어지고 있었다.

어느 억센 손이 그의 어깨를 흔들었다. 잠이 들었던 것일까? 경관이었다. 그는 이젠 죽었구나 싶었다. 다리가 후들후들 떨렸다.

"집으로 돌아가, 빨리!"

자크는 도망치듯 그곳을 떠났다. 이젠 더 이상 다니엘이고 뭐고 아무것도 생각나지 않았다. 다리가 아팠다. 그는 순경들을 피해 걸었다. 다시 부두로 돌아왔다. 자정을 알리는 종소리가 울렸다. 바람은 멎었다. 색색의 등불들이 둘씩 짝지어 물 위에서 흔들리고 있었다. 부두에는 인적이 끊겼다. 그는 하마터면 두 짐짝 사이에서 코를 골고 있는 어느 거지의 다리에 걸려 넘어질 뻔했다. 그러자 무섭다는 생각보다 당장 아무 데라도 누워서 자고 싶다는 욕망이 더욱 강하게 일어났다. 그는 몇 걸음 걸어가서 커다란 천막 한쪽 끝을 쳐든 뒤, 젖은 나무 냄새가 나는 궤짝들 사이로 비틀거리며 기어들어 갔다. 이내 잠들고 말았다.

그러는 동안 다니엘은 자크를 찾아 헤매고 있었다.

그는 정거장 주변과 그들이 묵었던 호텔 부근, 그리고 선박회사 사무실 언저리를 돌아보았지만 헛수고였다. 다시 부두로 내려갔다. 라파예트호가 정박하고 있던 자리는 비어 있었고,

항구는 죽은 듯이 고요했다. 소나기 때문에 사람들이 모두 집으로 돌아간 것이다.

그는 고개를 숙인 채 시내로 되돌아왔다. 소나기가 그의 어깨를 후려쳤다. 그는 자신과 자크를 위해 먹을 것을 샀다. 그리고 둘이 아침에 들어갔던 카페로 들어가서 자리 잡고 앉았다. 거리에는 폭우가 쏟아지고 있었다. 사람들이 창문의 블라인드를 걷어 올리고 있었다. 카페의 보이들도 머리에 수건을 쓰고 테라스의 널따란 천막을 감아 올렸다. 트롤리 전차가 납빛 하늘에 안테나의 불꽃을 튀기면서 경적도 울리지 않고 달리고 있었다. 빗물이 마치 쟁기의 보습처럼 전차의 레일 양쪽으로 뻗쳐 나오고 있었다. 다니엘의 두 발은 흠뻑 젖었고 관자놀이가 무거웠다. 자크는 어떻게 되었을까? 자크를 잃어버렸다는 사실보다도 그 어린것이 혼자서 얼마나 불안하고 초조해할 것인지를 생각하니까 더욱 가슴이 아팠다. 그는 틀림없이 자크가 저기, 저 빵집 모퉁이로 모습을 나타낼 것이라고 생각하고 그곳을 지켜보았다. 그는 자크가 흠뻑 젖은 옷을 입고, 진창 속에 구두를 끌면서, 핏기 없는 얼굴로 어쩔 줄 몰라 하면서 두리번거리는 것이 눈에 보이는 것 같았다. 그는 여러 번 자크의 이름을 큰 소리로 부를 뻔했다. 그러나 매번 모르는 아이들이었다. 그들은 한결같이 빵집으로 뛰어들어 갔다가는 웃옷 속에 빵 하나씩을 넣어가지고 가게를 나오는 것이었다.

두 시간이 지났다. 비는 그쳤다. 날은 저물어가고 있었다. 다니엘은 그곳을 떠날 수 없었다. 자기가 그곳을 떠나면 곧바로 자크가 나타날 것만 같았다. 마침내 다니엘은 정거장으로 가는 길로 나섰다. 그들이 묵었던 호텔 문간 위에는 흰 전등이 켜져 있었다. 그 골목은 어두웠다. 이토록 어두운데 혹시 서로 마주친다 해도 알아볼 수 있을까? "엄마!" 하고 부르는 소리가 들렸다. 그는 자기 나이 또래의 어떤 소년이 한길을 가로질러 어떤 부인에게 가서 안기는 것을 보았다. 그들은 다니엘의 옆을 지나갔다. 부인은 낙숫물을 맞지 않기 위해 우산을 폈다. 아들은 어머니에게 팔짱을 끼고 있었다. 두 사람은 말을 주고받으며 어둠 속으로 사라졌다. 기관차가 기적 소리를 울렸다. 다니엘은 북받쳐 오르는 슬픔을 주체할 길이 없었다.

아, 자크를 따라온 것이 잘못이었다! 그는 그 사실을 잘 알고 있었다. 처음부터, 그러니까 그날 아침 둘이 뤽상부르 공원에서 만나 이런 미친 짓을 결정한 그때부터 줄곧 그 생각이 그의 머리에서 떠나지 않았다. 그렇다, 그는 단 한순간도 그 확신, 곧 도망치지 말고 어머니에게 곧장 달려가 모든 것을 털어놓았더라면 어머니는 책망은커녕 모든 사람들로부터 자기를 보호해 주었을 것이고, 따라서 어떤 불행한 일도 일어나지 않았으리라는 확신을 떨쳐버릴 수 없었던 것이다. 자신은 왜 유혹에 지고 말았을까? 그는 자기 자신을 두고 마치 무슨 수수께끼라도 대하고 있는 것 같은 기분이었다.

그는 일요일 아침에 현관에 서 있던 자신의 모습을 떠올려보았다. 그가 돌아오는 소리를 듣고 제니가 달려 나왔다. 탁자 위에는 중학교의 도장이 찍힌 노란 봉투 하나가 놓여 있었다. 분명 퇴학 통지서였을 것이다. 그것을 탁자 아래 양탄자 밑에 감추었다. 제니는 아무 말 없이 날카로운 눈으로 그를 지켜보고 있었다. 제니는 무슨 불상사가 일어났다는 것을 눈치채고 그의 방까지 따라와서 그가 용돈을 간직해 둔 지갑을 꺼내는 것을 보았다. 그러자 소녀는 오빠에게 달려들어 두 팔로 오빠를 숨도 못 쉬게 꼭 끌어안고는 그의 가슴에 얼굴을 파묻으며 물었다. "왜 그래? 오빠 뭘 하려는 거야?" 그래서 그는 집을 떠나기로 결심했다는 것과, 억울한 비난을 당하게 되었다는 것과 학교에서 일어난 일, 그리고 선생들 모두가 한패가 되어 자기를 처벌하려고 하므로 며칠 동안 피해야 한다는 것을 고백했다. 그러자 제니가 소리쳐 물었다. "혼자서?"—"아냐, 친구하고."—"누구?"—"티보."—"나도 데려가!" 그는 제니를 끌어당겨 예전처럼 무릎에 앉히고 낮은 목소리로 말했다. "그럼 엄마는 어쩌니?" 제니는 울고 있었다. 다니엘이 제니에게 말했다. "걱정하지 마. 그리고 누가 무슨 말을 해도 믿지 마. 며칠 안으로 편지할게. 그리고 곧 돌아올게. 하지만 이것만은 약속해 줘. 내가 집에 돌아왔었고, 네가 날 보았다는 것, 그리고 내가 집을 떠나는 걸 네가 알고 있었다는 것만은 아무한테도 절대로, 절대로 말하면 안 돼. 엄마한테건, 그 누구한테건 말이야…." 소녀는 고개를 한 번 끄덕여 보였다. 그는 제니에게 키스를 해주려고 했으나 제니는 목이 메어 울음을 터뜨리며 자기 방으로 달아나버렸다. 그 울음소리가 어찌나 절망적이었던지 가슴이 찢어지는 듯한 그 소리가 지금도 그의 귓전에 쟁쟁했다. 그는 발길을 재촉했다.

길도 보지 않고 그저 앞으로 걷고 있었으므로 그는 마침내 마르세유에서 꽤 떨어진 교외에 이르렀다. 보도는 질척거렸고 가로등도 드물었다. 양쪽의 어둠 속에는 컴컴한 구멍이며 뜰로 들어가는 통로며 역한 냄새가 나는 복도 같은 것들이 보였다. 집 안에서는 어린애들의 울음소리가 들려왔다. 수상쩍은 술집에서는 축음기 소리가 시끄럽게 들려왔다. 다니엘은 옆길로 꺾어서 다른 방향으로 한참을 걸었다. 마침내 신호등이 보였다. 정거장 가까이 온 것이다. 피곤해서 쓰러질 것 같았다. 조명시계가 한시를 가리키고 있었다. 밤은 아직도 길 것이다. 어떻게 하지? 그는 숨 돌릴 만한 구석을 찾았다. 어느 텅 빈 막다른 골목 어귀에서 가스등이 작은 소리를 내고 있었다. 그는 불이 비치는 곳을 지나 어둠 속에서 쪼그리고 앉았다. 왼쪽에 공장 담벽이 우뚝 서 있었다. 그 담에 등을 대고 그는 눈을 감았다.

그는 여자 목소리에 소스라쳐 눈을 떴다.

"너 집이 어디니? 여기서 자려는 건 아니겠지!"

여자는 그를 밝은 데로 끌고 나왔다. 다니엘은 무슨 말을 해야 할지 몰랐다.

"너 아버지한테 꾸중 들었구나, 그렇지? 그래서 집에 못 들어가고 있는 거지?"

부드러운 목소리였다. 그는 그 오해를 받아들였다. 그는 모자를 벗고 공손히 대답했다.

"네, 아주머니."

그녀는 웃기 시작했다.

"네, 아주머니라고! 이봐, 그래도 집엔 들어가야지. 나도 예전에 그런 경험이 있어. 오늘이고 내일이고 결국엔 돌아갈 걸 이러고 있으면 뭘 해? 끌면 끌수록 골치 아프게 될걸." 그리고 다니엘이 아무 말도 하지 않자 "매 맞을까 봐 겁이 나니?" 하고 목소리를 낮추어, 흥미롭다는 듯이, 친밀하게, 편을 들어주는 투로 물었다.

그는 아무 대답도 하지 않았다.

"괴짜구나!" 하며 여자가 말했다. "그렇게 고집이 센 걸 보니 진짜 여기서 자기라도 하겠는걸! 자, 그럼 우리 집으로 들어가자. 아무도 없으니까. 방바닥에 매트리스를 깔아줄게. 어린애를 길가에 버려둘 수야 있겠니!"

여자는 도둑 같아 보이지는 않았다. 다니엘은 우선 이제 혼자가 아니라는 사실에 마음이 한결 놓였다. 그는 "고맙습니다, 아주머니"라고 말하고 싶었다. 그러나 묵묵히 여자의 뒤를 따랐다.

얼마 안 가서 여자는 어느 나지막한 문 앞에서 초인종을 눌렀다. 문이 곧 열리지는 않았다. 복도에서는 빨래 냄새가 났다. 다니엘은 층계에 부딪쳤다.

"난 늘 오르내려서 괜찮아" 하고 여자가 말했다. "내 손을 잡아."

여자의 손에는 장갑이 끼워져 있었으며 따뜻했다. 그는 여자가 끄는 대로 따라 올라갔다. 층계도 역시 따뜻했다. 다니엘은 밖에 있지 않게 된 것이 다행스러웠다. 그들은 삼층인가 사층인가로 올라갔다. 여자는 열쇠를 꺼내어 문을 열고는 램프를 켰다. 다니엘은 어지러운 방 안과 흐트러진 침대를 보았다. 그는 불빛 속에서 눈을 깜박거리며 기진맥진하여 거의 잠이 든 채 서 있었다. 여자는 모자도 벗지 않은 채 침대 위에서 매트리스를 내려 옆방으로 끌고 갔다. 여자는 돌아보며 웃었다.

"졸려서 못 견디겠는 모양이군…. 자, 그래도 구두만이라도 벗어야지!"

그는 나른한 손으로 구두를 벗었다. 자크도 자기와 같은 생각을 하고 있을 것이라는 기대를 하면서, 다음 날 아침 다섯시에는 꼭 정거장 식당에 가보리라는 생각만이 고정관념처럼 떠올랐다. 그는 중얼거리며 말했다.

"아침 일찍 깨워주세요…."

"그래, 그래…." 하고 여자는 웃으며 대답했다.

그는 여자가 넥타이를 풀고 옷 벗는 것을 거들어주는 것을 느꼈다. 그는 매트리스 위에 쓰러져서 정신없이 곯아떨어졌다.

다니엘이 눈을 떴을 때에는 이미 날이 밝아 있었다. 그는 파리의 자기 방에 있는 줄 알았다. 그러나 커튼 사이로 스며드는 광선의 빛깔에 그는 깜짝 놀랐다. 젊은 목소리가 노래를 부르고 있는 것이 들렸다. 그러자 모든 것이 생각났다.

옆방 문은 열려 있었다. 한 젊은 처녀가 세면대 위로 몸을 구부리고 야단스럽게 세수를 하고 있었다. 여자는 고개를 돌려 다니엘이 한쪽 팔꿈치로 몸을 일으키는 모습을 보고 웃었다.

"아, 이제 일어났구나, 잘했어."

이 여자가 어젯밤의 부인인가? 속내의에 짧은 치마, 맨살을 드러낸 팔, 벌거숭이 종아리는 그대로 어린 소녀의 모습이었다. 어젯밤에는 그녀가 모자를 쓰고 있어서 단발을 한 소년 같은 갈색머리를 브러시로 쓸어 넘긴 것을 그는 보지 못했었다.

갑자기 자크 생각이 나자 다니엘은 가슴이 철렁했다.

"아, 큰일이다" 하고 그는 중얼거렸다. "아침 일찍 정거장 식당으로 가야만 했었는데…."

그러나 그가 자고 있는 동안에 여자가 그의 몸에 덮어준 이불이 따뜻하여 아직도 온몸이 노곤했다. 더구나 문이 닫히지 않는 한 일어날 용기가 없었다. 그 순간 여인이 김이 무럭무럭

나는 찻잔과 버터 바른 큼직한 빵조각을 가지고 들어왔다.

"자, 이걸 먹고 어서 가 봐. 난 너의 아버지와 말썽이 생기는 건 싫으니까!"

다니엘은 셔츠 바람으로 칼라를 벌려 헤치고 있는 모습을 보이기가 거북했다. 또한 여자가 목과 어깨를 드러낸 채 가까이 오는 것도 거북스러웠다…. 그녀는 몸을 굽혔다. 그는 눈을 아래로 뜬 채 찻잔을 받아서 어색한 기분을 감추기 위해 먹기 시작했다. 여자는 슬리퍼를 끌고 이 방에서 저 방으로 콧노래를 부르며 왔다 갔다 했다. 그는 찻잔에서 눈을 들지 못했다. 그러나 여자가 그의 옆을 지날 때는 보려 하지 않아도 바로 그의 눈 앞으로 파란 정맥이 드러나 보이는 맨살의 늘씬한 종아리와 슬리퍼 밖으로 나온 불그스레한 발뒤꿈치가 노란 마루 위를 미끄러지듯 지나가는 것이 눈에 들어왔다. 빵이 목에 걸렸다. 예측할 수 없는 사건들이 숱하게 일어날 하루의 시작을 앞두고 그는 맥이 풀려 있었다. 그는 지금쯤 자기 집 아침 식탁에 자기 자리가 비어 있을 것을 생각했다.

갑자기 햇빛이 온 방에 가득 퍼졌다. 그 젊은 여자가 덧문을 열어젖힌 것이다. 그리고 여자의 밝은 목소리가 마치 새들의 울음소리처럼 햇빛 속으로 울려 나왔다.

아, 사랑에 뿌리가 있다면,
내 정원 안에 심으련만!…

그것은 너무했다. 자기는 절망과 싸우고 있는데, 이 눈부신 햇살과 저 태평한 즐거움은… 그의 눈에 눈물이 핑 돌았다.

"자, 어서!" 여자는 빈 찻잔을 들어 올리며 명랑하게 소리쳤다. 그녀는 다니엘이 울고 있는 것을 보았다.

"슬프니?" 하고 그녀는 물었다.

그 목소리는 마치 큰누나의 목소리처럼 다정했다. 그는 울음이 복받치는 것을 참을 수 없었다. 여자는 매트리스 끝에 걸터앉아 한쪽 팔로 다니엘의 목을 감고 어머니처럼 위로해줄 생각으로—모든 여자의 최후 수단이지만—그의 머리를 자기 가슴에 갖다 대었다. 그러자 다니엘은 더 이상 꼼짝도 할 수 없었다. 그는 여자의 속옷을 통해 여자의 젖가슴이 오르락내리락하는 것과 온기를 온 얼굴에 느끼고 있었다. 숨이 막혔다.

"바보!" 여자는 몸을 뒤로 빼고 맨살의 팔로 가슴을 가리며 말했다. "이걸 보니 별생각 다 나서 그러는 거야? 그 나이에 깜찍도 하지! 너 몇 살이지?"

다니엘은 이틀째 해오던 대로 무심코 거짓말을 했다.

"열여섯." 그는 중얼거렸다.

여자는 놀라서 되물었다.

"벌써 열여섯이야?"

여자는 다니엘의 한쪽 손을 잡고는 물끄러미 들여다보았다. 그녀가 다니엘의 옷소매를 걷어 올려 팔뚝이 드러나게 했다.

"얘도 참, 계집애 살결처럼 희구나." 그녀는 미소를 지으며 속삭였다.

여자는 다니엘의 팔목을 들어 올리고 자신의 뺨을 수그려 문지르며 쓰다듬었다. 그녀는 미소를 거두고, 숨을 크게 들이쉰 다음, 다니엘의 손을 놓았다.

다니엘이 무슨 영문인지 모르고 있는 사이에 여자는 벌써 스커트의 후크를 풀었다. “나 몸 좀 녹여줘.” 여자는 이불 속으로 미끄러져 들어가며 속삭였다.

자크는 비를 맞아 뻣뻣해진 천막 밑에서 잠을 잘 자지 못했다. 동이 트기 전에 그는 숨어 있던 곳을 뛰쳐나와 밝아오는 새벽 속을 걷기 시작했다. ‘틀림없이’ 하고 그는 생각했다. ‘만일 다니엘이 잡히지만 않았다면 어제처럼 정거장 식당에 올 생각을 할 거야.’ 자크는 다섯시도 되기 전에 그곳으로 갔다. 그리고 여섯시가 되어서도 그곳을 떠날 생각을 하지 못했다.

어떻게 생각해야 할까? 어떻게 해야 할까? 그는 사람들에게 감옥이 있는 곳이 어디냐고 물었다. 그는 가슴을 두근거리며 간신히 눈을 들어 닫혀 있는 문을 쳐다보았다.

구치소

혹시 다니엘이 저 속에…. 그는 끝없이 긴 담을 한 바퀴 돌고 나서, 쇠창살이 붙은 높은 창문들을 보려고 다시 멀찍이 돌아보았다. 그리고 겁이 나서 달아났다.

아침 내내 그는 온 시내를 누볐다. 햇볕이 내리쬐고 있었다. 창문마다 널린 울긋불긋한 빨래들이 마치 번잡한 골목길에 만국기를 띄운 것 같았다. 집집마다 대문간에서는 아낙네들이 수다를 떨며 싸우기라도 하듯이 큰 소리로 웃고 있었다. 거리의 풍경이며, 자유로움, 그리고 돌발 사건 등이 이따금 그의 마음속에 순간적인 도취감을 일게 했다. 그러다가도 문득 다니엘 생각이 났다. 그는 호주머니 깊숙이 있는 요오드팅크 병을 꽉 쥐었다. 오늘 밤까지도 다니엘을 찾지 못하면 죽어버려야지. 그는 결심을 더욱 단단히 하기 위해 목소리까지 약간 높여 맹세했다. 그러나 속으로는 자기의 용기를 약간 의심하고 있었다.

열한시쯤, 전날 그들이 선박회사 사무실을 물었던 그 카페 앞을 백 번 이상 지나다가—아! 거기에 다니엘이 있었다!

자크는 탁자와 의자들을 헤치며 달려갔다. 훨씬 침착한 다니엘은 의자에서 일어났다.

"쉬…."

사람들이 그들을 보고 있었다. 둘은 악수를 했다. 다니엘이 돈을 치렀다. 둘은 그곳을 나와서 맨 처음 보인 골목으로 접어들었다. 그제야 자크는 다니엘의 팔을 붙잡으며 그를 껴안았다. 그러더니 갑자기 자기 친구의 어깨에 이마를 대고 흐느껴 울기 시작했다. 다니엘은 울지 않았다. 그는 얼굴이 파랗게 질리고 무뚝뚝한 시선을 멀리 앞으로 향한 채 자크의 조그만 손을 옆구리에 끼고 계속 앞으로 걸어갔다. 이빨 위로 비스듬히 올라간 그의 입술이 떨리고 있었다.

자크가 이야기를 시작했다.

"난 도둑놈처럼 부두에서 잤어. 천막 밑에서 말이야! 넌?"

다니엘은 어찌할 줄을 몰랐다. 그는 자크와 그들의 우정을 너무나 소중히 여기고 있었다. 그러나 그는 생전 처음으로 무엇인가를, 그것도 아주 중요한 무엇인가를 자크에게 숨기지 않을 수 없었다. 그들 사이의 이 비밀이 너무나 엄청나서 그는 숨이 막혔다. 그는 하마터면 모든 것을 다 털어놓을 뻔했다. 그러나 그렇게 할 수는 없었다. 그는 자기에게 일어난 그 모든 일의 뿌리치려야 뿌리칠 수 없는 기억에 사로잡혀 얼빠진 듯이 잠자코 있었다.

"그런데 넌, 넌 어디서 밤을 지냈니?" 자크가 다시 물었다.

다니엘은 애매한 몸짓을 하며 대답했다.

"저기, 벤치 위에서…. 그리고 떠돌아다니기만 했어."

점심을 먹고 나자 둘은 곧 문제를 논의했다. 마르세유에 그대로 머문다는 것은 위험한 일이었다. 그들의 거동이 얼마 안 가서 사람들의 의심을 사게 될 것은 뻔한 일이었다.

"그래서?…" 하고 집으로 돌아갈 생각을 하고 있던 다니엘이 물었다.

"그래서 말이야" 하며 자크가 대답했다. "내가 곰곰이 생각해보았는데, 툴롱까지 갈 수밖에 없어. 저기 왼쪽으로 해변을 따라가면 여기서 이삼십 킬로미터 정도 가면 될 거야. 우리는 산책 나온 아이들처럼 걸어서 가는 거야. 거기에 가면 배가 얼마든지 있으니까. 배를 탈 수 있는 무슨 방법이 생기겠지."

자크가 이야기하는 동안에 다니엘은 다시 찾은 이 정다운 친구의 얼굴에서 눈을 뗄 수가 없었다. 주근깨가 박힌 피부, 투명한 귀, 그리고 푸른 눈. 그 눈 속에는 그가 말하고 있는 툴롱이며 배들이며 먼 바다의 수평선의 환영이 지나가고 있었다. 다니엘은 자크의 집요한 고집을 자기도 함께 나누고 싶기는 했지만, 그의 방식은 그를 회의적으로 만들었다. 다니엘은 자기들이 배를 타지 못하리라는 것을 알고 있었다. 그러나 아무튼 반드시 그러리라고 확신하지는 않았다. 때로는 자기 생각이 틀렸기를 바라기도 했고, 환상이 상식을 뛰어넘어 이겨주었으면 하고 희망해보기까지 했다.

그들은 먹을 것을 사서 길을 떠났다. 두 소녀가 미소를 띠며 그들을 빤히 쳐다보았다. 다니엘은 낯을 붉혔다. 이제 다니엘에게는 그녀들이 입은 스커트는 육체의 신비를 감추는 구실을 하지 못하는 것이었다…. 자크는 휘파람을 불고 있었다. 그는 아무 눈치도 채지 못했다. 그러자 다니엘은 피를 뒤흔든 경험으로 인해 앞으로 외로움을 느낄 수밖에 없었다. 곧 자크도 이제 엄밀한 의미에서 자기의 친구가 될 수 없었다. 자크는 어린애에 지나지 않았다.

그들은 교외 마을을 지나서 마침내 결정했던 길로 들어섰다. 길은 분홍빛 파스텔의 선처럼 구불구불한 해안선을 따라 뻗어 있었다. 그들 앞으로 가벼운 바람이 시원스럽고 기분 좋게 불어와서는 소금기를 남기고 지나갔다. 그들은 어깨에 뙤약볕을 받으며 황금빛 먼지 속을 나란히 걸어갔다. 바다가 가까이 있다는 사실에 그들의 마음은 도취되었다. 그들은 길을 벗어나 "Thalassa! Thalassa!"*라고 외치며 두 손을 새파란 물에 담그려고 바다로 달려갔다…. 그러나 바다는 좀처럼 잡히지 않았다. 그들이 달려간 그곳의 해변은 그들이 갈망하며 상상하던 것처럼 부드러운 모래사장이 경사를 이루어 바다로 내려가고 있지는 않았다. 그곳은 어디나 같은 넓이의 깊은 후미가 져서 가파른 경사를 이루고 있었으며, 바다는 깎아지른 듯한 바위 사이로 밀려들어 오고 있었다. 그들의 발밑에는 울퉁불퉁한 바위 더미들이 마치 키클롭스**가 쌓아놓은 방파제처럼 둑을 이루

* 그리스어로 '바다다, 바다다'라는 뜻.

며 앞으로 불쑥 나와 있었다. 화강암 끝에 부딪치는 파도는 갈라지고 부서져 힘없이 번들거리는 바위 허리를 따라 물보라를 일으키며 음험하게 감돌고 있었다. 그들은 서로 손을 잡고 몸을 굽혀서, 하늘 아래에서 번득이며 넘실거리는 바다 물결을 내려다보느라고 정신이 없었다. 그들의 말 없는 열광 속에는 약간의 공포심이 섞여 있었다.

"저걸 좀 봐." 다니엘이 말했다.

몇백 미터쯤 떨어진 곳에서 하얀 배 한 척이 놀라울 만큼 반짝이며 쪽빛 바다 위를 미끄러져 가고 있었다. 수면 위로 드러나 있는 선체는 싹 트는 나뭇잎 같은 싱싱한 초록빛을 띠고 있었다. 노를 저을 때마다 배는 연속적인 빠른 동요에 의해서 앞으로 전진해 나가고 있었다. 뱃머리가 물 위로 떠올라 그것이 뛰어오를 때마다 물에 젖은 초록빛 선체가 광채를 띠어 마치 불꽃처럼 빛났다.

"아, 이 모든 것을 글로 묘사할 수 있었으면!" 자크는 호주머니 속의 수첩을 만지작거리며 중얼거렸다. "하지만 두고 봐!" 그는 어깨를 흔들면서 외쳤다. "아프리카는 이보다 더 아름다울 테니까! 따라와!"

그는 바위들을 뛰어넘어 길 쪽으로 뛰어갔다. 다니엘도 그의 옆으로 달려갔다. 그는 지금 이 순간 마음의 무거운 짐을 떨쳐 버렸고, 모든 후회도 사라졌으며, 미칠 듯이 모험하고 싶은 욕망에 사로잡혔다.

그들은 길이 언덕을 이루다가 직각으로 한 부락으로 통하는

** 그리스 신화에 나오는 애꾸눈의 거인.

어떤 곳에 이르렀다. 그 굽어진 곳에 다다랐을 때 그들은 소란한 소리에 발길을 멈추었다. 길 양옆으로 말, 수레바퀴, 술통들이 마구 뒤섞여 흔들거리며 무서운 속도로 그들을 향해 내려오고 있었다. 그들이 피하려고 물러설 겨를도 없이 그 거대한 덩어리는 그들에게서 오십 미터쯤 떨어진 곳에 있는 어느 철책에 부딪쳐 부서지고 철책은 산산조각이 나고 말았다. 언덕은 몹시 비탈져 있었다. 짐을 잔뜩 싣고 언덕을 내려오던 커다란 마차는 미처 멈출 수가 없었던 것이다. 마차를 끌고 가던 네 마리의 말이 차체의 무게로 떠밀리는 바람에 말들은 밀리면서 앞발을 높이 들어 서로 얽히다가 길이 굽어진 지점에서 충돌하여 산더미같이 쌓인 술통에 곤두박질치고 말았다. 술통에서는 술이 콸콸 쏟아져 나왔다. 정신이 나간 사람들은 법석거리며, 그 피투성이가 된 콧마루, 궁둥이, 발굽들이 엉키고 뭉쳐 먼지 속에서 꿈틀거리고 있는 말들 뒤에서 소리를 지르며 뛰어다니고 있었다. 말들의 울음소리, 요란한 방울 소리, 철문을 뒷발로 마구 차는 말발굽 소리, 철걱거리는 쇠사슬 소리, 마부들의 아우성 소리에 섞여 씩씩거리는 거센 소리가 갑자기 모든 소음을 압도했다. 그것은 앞장을 섰던 히색 말이 다른 말들에 짓밟혀, 네 발이 몸뚱이 밑에 깔린 채 목을 마구에 졸리면서 헐떡이는 소리였다. 한 사나이가 도끼를 휘두르며 그 아수라장 속으로 뛰어들었다. 사나이는 비틀거리며 넘어지더니 다시 일어섰다. 그는 회색 말의 귀를 잡아 쥐고 도끼를 휘둘러 말굴레를 찍으려고 온 힘을 기울였다. 그러나 말굴레는 쇠로 되어 있었기 때문에 도끼는 쇠에 부딪쳐서 날만 빠지고 말았다. 사나이는 미치광이 같은 표정으로 몸을 일으키더니 도끼를 담벽에 내던졌다. 그러는 동안에 말의 헐떡임은 점점 가빠져 째지는 듯한 휘파람으로 변했고 코에서는 피가 펑펑 쏟아졌다.

그때 자크는 모든 것이 흔들리는 것 같은 기분을 느꼈다. 그는 다니엘의 소매를 잡으려고 했으나 손가락이 뻣뻣해지고 다리의 힘이 쑥 빠져 비틀거리다가 땅바닥에 쓰러지고 말았다. 사람들이 그를 둘러쌌다. 그들은 자크를 작은 정원 안으로 데리고 가서 펌프 옆의 꽃밭 한가운데 앉히고는 찬물로 이마를 적셔주었다. 다니엘도 자크 못지않게 새파랗게 질려 있었다.

그들이 다시 한길로 돌아왔을 때는 온 마을 사람들이 술통들을 치우고 있었다. 말들도 다시 일으켜져 있었다. 네 마리 말 가운데에서 세 마리가 다쳤는데, 두 마리는 앞다리가 부러진 채 무릎을 꿇고 쓰러져 있었다. 그리고 나머지 한 마리는 죽어 있었다. 그 말은 술이 콸콸 흐르는 도랑에 쓰러져 잿빛 머리를 땅에 박고 혀를 내민 채 청록색 눈을 반쯤 감고 있었다. 마치 죽으면서까지도 되도록 백정이 운반하기 편하게 하려고 몸을 가누기나 한 것처럼 다리를 몸뚱이 밑에 구부리고 있었다. 모래를 뒤집어쓰고 피투성이가 된 그 북슬북슬한 몸뚱이가 움직이지 않고 있는 모습이, 길 한가운데 내버려둔 다른 세 놈이 부들부들 떨며 헐떡거리고 있는 것과는 대조적이었다.

두 소년은 마부 한 사람이 죽은 말 가까이 가는 것을 보았다. 뺨에 머리카락이 착 달라붙고 햇볕에 그을린 마부의 얼굴에 떠오른 분노의 표정이 사뭇 엄숙하기까지 한 것으로 보아 이 마부가 그 참극을 얼마나 가슴 아파하는지를 알 수 있었다. 자크는 사나이에게서 눈을 떼지 못했다. 사나이가 손에 쥐고 있던 담배꽁초를 비스듬히 입에 물더니, 벌써 시커멓게 파리가 들러 붙어 부풀어 오른 말의 혀를 들친 뒤에 둘째손가락을 입 안으로 넣어 벌려 누르스름한 이빨을 보였다. 사나이는 허리를 굽힌 채 얼마 동안 자줏빛으로 변한 말의 잇몸을 매만지고 있었다. 마침내 다시 몸을 일으키고는 누군가 자기 마음을 알아줄 눈길을 찾다가 두 소년의 눈길과 마주쳤다. 그는 말의 거품이 묻어 있어 파리 떼가 달려드는 더러운 손가락을 씻을 생각도 않고 입술에 물었던 담배꽁초를 다시 손에 옮겨 쥐었다.

"아직 일곱 살도 채 안 된 놈인데." 그는 어깨를 으쓱하며 말했다. 그 사람은 자크를 보고 말했다. "넷 중에서 제일 좋은 말이었지. 일도 제일 잘했고! 저놈만 다시 살아나게 해준다면 내 손가락 두 개라도, 자 이것하고 이것하고를 잘라주기라도 하겠어." 그러더니 그는 머리를 돌리고 쓴웃음을 지으며 침을 뱉었다.

두 소년은 다시 걷기 시작했다. 풀이 꺾이고 무엇인가에 가슴이 짓눌리는 듯한 기분이었다.

"너 죽은 사람, 진짜 죽은 사람을 본 적 있니?" 자크가 물었다.

"아니."

"아! 참 이상하더라! …난 벌써 오래전부터 생각하고 있던 일인데 말이야, 언젠가 말이야, 언젠가 일요일 교리문답 시간에 가봤는데…."

"어딜?"

"모르그*에."

"네가? 혼자?"

"물론이지. 아, 죽은 사람은 하얗더군. 넌 상상도 못 할 거야.

* 신원 불명의 시체를 안치하는 기관.

꼭 초나 찰흙으로 빚어놓은 것 같아. 시체가 둘 있었는데, 하나는 얼굴이 온통 깨진 상처투성이였어. 그런데 또 하나는 꼭 살아 있는 것 같았어. 눈도 뜬 채로 말이야. 살아 있는 것처럼" 하며 그는 말을 계속했다. "그러나 죽은 게 틀림없었어. 의심할 여지가 없는 거야. 처음 봤을 때부터 왜 그런지 몰라도 그렇게 보였어…. 너도 아까 봤지만, 말도 그랬어…. 아, 우리들이 자유로워지면" 하며 그는 말을 맺었다. "언제고 일요일에 널 꼭 모르그에 데리고 가야지…."

다니엘은 더 이상 자크의 말을 듣고 있지 않았다. 때마침 그들은 어떤 별장의 발코니 아래를 지나고 있었다. 별장 안에서는 어린아이가 피아노를 치는 소리가 들려왔다. 제니… 다니엘의 눈앞에는 그날 '뭘 하려고 그래?' 하고 외치면서 커다랗게 뜬 회색 눈에 눈물이 고이던 제니의 연약한 모습이 떠올랐다.

"넌 누이가 없는 게 아쉽지 않니?" 하고 잠시 뒤에 다니엘이 물었다.

"아쉽고말고! 특히 난 누나가 있었으면 좋겠어. 왜냐하면 누이동생 비슷한 건 하나 있으니까." 다니엘은 놀라서 그를 바라보았다. 자크가 설명했다. "우리 유모가 어린 조카딸을 하나 집에 데려와 기르고 있어. 고아인데, 열 살이야…. 지즈라고… 이름은 지젤인데, 그냥 지즈라고 불러…. 그 애가 내겐 누이동생이나 마찬가지야."

갑자기 그의 눈에 눈물이 핑 돌았다. 그는 느닷없이 이런 말을 꺼냈다. "넌 나완 다르게 자랐어. 우선 넌 기숙사에 들지 않고, 벌써 내 형과 비슷한 생활을 하고 있어. 넌 자유롭다고 볼 수 있어. 하긴 넌 분별이 있으니까." 그는 우울한 어조로 말했다.

"그럼, 넌 그렇지 않다는 거야?" 다니엘이 정색을 하고 물었다.

"나야 뭐." 자크는 눈살을 찌푸리며 말을 이었다. "난 할 수 없는 놈이란 것 나도 잘 알고 있어. 하지만 뭐 별수 있어야지. 그래서 난 이따금 화만 나면 아무것도 보이지 않아. 닥치는 대로 부수고, 부딪치고, 발악을 하고, 창문으로 뛰어내리던가, 아니면 아무나 막 죽이기라도 할 것 같아! 이런 얘길 하는 것도 네가 모든 걸 다 알아주었으면 해서야" 하고 그는 덧붙였다. 그리고 자기 자신을 비난하면서 일종의 씁쓸한 쾌감 같은 것을 느끼고 있는 것이 분명했다. "난 그것이 과연 내 잘못인지 뭔지 모르겠어. 너와 함께 지낸다면 그렇지가 않을 거란 생각이 들어. 하지만 그것도 또 모르지….

저녁에 내가 집에 돌아가면 다들 나를 어떻게 대하는지 네가 좀 알았으면!" 그는 잠깐 침묵을 지켰다가 먼 곳을 바라보며 말을 계속했다. "아버진 단 한 번도 날 진정으로 대해준 적이 없어. 학교에선 신부들이 아버지에게 알랑거리느라고 내가 무슨 괴물인 것처럼 이야기하지. 티보 씨의 아들을 교육시키느라고 무진 애를 쓰고 있다는 걸 보이려고 그러는 거야. 티보 씨라고 하면 파리 대교구에서 세력이 대단하니까. 알겠어? 아버지는 좋은 사람이야." 그는 별안간 흥분하면서 단정적으로 말했다. "아주 좋은 사람이야, 정말. 그렇지만 뭐랄까… 늘 사업이니, 위원회니, 연설이니 그런 일만 하는 거야. 늘 종교거든. 그리고 유모도 그래. 뭐든지 안 좋은 일만 생기면 그건 하느님이 나를 벌주시는 거라는 거야. 알겠어? 저녁을 먹고 나면 아버진 서재에 들어가버리고, 유모가 지즈 방에서 그 애를 재우면서 내 공부를 암송시켜. 난 하나도 모르겠는 걸 말야. 유모는 내가 혼자 내 방에 있는 것도 싫어해! 아예 내 방 스위치까지 빼버린 거야. 믿을 수 있니? 내가 전기를 만지지 못하도록 말이야!"

"하지만 형은?" 하고 다니엘이 물었다.

"응, 그래, 형은 참 좋아. 하지만 늘 집에 있지는 않아, 알겠어? 그리고— 형이 나한테 말한 적은 한 번도 없지만—내가 보기엔 형도 집에 별로 정이 없는 것 같아… 엄마가 돌아가셨을 때 형은 이미 철이 들어 있었어. 나보다 꼭 아홉 살 위니까. 그래서 유모도 형한테는 별로 간섭을 할 수가 없었어. 그런데 난 유모가 길러줬거든. 알겠어?"

다니엘은 아무 말도 하지 않았다.

"넌 그렇지 않아" 하며 자크가 되풀이해서 말했다. "넌 다들 알아주니까. 넌 나완 다르게 자랐어. 책에 관해서 말해도 그렇지. 너는 무슨 책이든 맘대로 읽을 수 있잖니. 너희 집에서는 서재를 열어두니까. 그런데 내게 읽으라고 주는 책이라곤 빨간 겉장에 금박을 한 삽화가 들어 있는 쥘 베른의 시시한 책일 뿐이야. 집에서는 내가 시를 쓴다는 것조차 몰라. 알기만 하면 야단법석일 거야. 이해하질 못할 거야. 아마 감시를 좀 더 엄중히 하라고 학교에다 슬그머니 연락할지도 모르지…."

꽤 오랜 침묵이 흘렀다. 길은 바다를 벗어나 떡갈나무 숲 쪽으로 올라가고 있었다.

갑자기 다니엘이 자크에게 다가와서 그의 팔을 잡았다.

"있지." 그가 입을 열었다. 변성기에 있는 그의 목소리가 엄숙하게 나직이 울렸다. "난 장래 일을 생각하고 있어. 어떻게 될지 누가 아니? 우린 헤어지게 될지도 몰라. 그래서 말야, 난 전부터 네게 꼭 부탁하고 싶은 게 하나 있어. 어떤 보증이라고 할까, 우정의 영원한 표지 같은 걸 말야. 너의 첫 시집을 내게 바치겠다는 약속을 해줘…. 아, 이름을 쓸 건 없어. 그저 **나의 친구에게**라고만 써줘. 어때?"

"약속해." 자크는 몸을 꼿꼿이 세우며 말했다. 자기 존재가 커지는 것 같은 느낌이 들었다.

숲에 이르자 그들은 나무 밑에서 잠시 쉬었다. 마르세유 시가 위로 석양이 붉게 물들고 있었다.

자크는 양쪽 발목이 부어올라 구두를 벗고 풀밭 위에 길게 누웠다. 다니엘은 아무 생각 없이 자크를 바라보았다. 그러다가 갑자기 발뒤꿈치가 벌겋게 부어오른 자크의 작은 맨발이 시선에 들어오자 그는 눈길을 돌렸다.

"저기, 등대가 있다." 자크가 한쪽 팔을 내밀며 말했다. 다니엘은 깜짝 놀랐다. 저 멀리 바닷가에서 깜박거리는 섬광이 유황색 하늘을 뚫고 비치고 있었다. 다니엘은 아무 대꾸도 하지 않았다.

그들이 다시 걷기 시작했을 때는 공기는 싸늘해져 있었다. 둘은 덤불 속이든 어디든 아무 데서나 밖에서 잘 생각이었다. 그러나 밤이 되면 꽤 추울 것 같았다.

두 소년은 아무 말도 나누지 않고 삼십 분쯤 계속 걸었다. 그러다가 바다를 향해 층층대가 나 있는 정자들이 보이는, 새로 하얗게 페인트칠을 해놓은 여인숙 앞에 이르렀다. 홀에는 불이 켜져 있었으나 아무도 없는 것 같았다. 둘은 서로 의논했다. 그들이 문밖에서 망설이는 것을 보고 한 여자가 여인숙 문을 열었다. 그 여자는 그들을 향해서 유리램프를 쳐들었다. 램프의 기름이 황옥처럼 반짝이고 있었다. 키가 작은 늙은 여자였다. 금귀걸이가 양쪽 귀로부터 거북의 등껍질 같은 목 위로 늘어져 있었다.

"아주머니" 하며 다니엘이 말했다. "침대가 둘 있는 방이 있습니까?" 그러고는 여인이 묻기도 전에 "저희들은 형제인데요, 툴롱에 계신 아버지를 만나러 가는 길이에요. 그런데 마르세유에서 너무 늦게 떠났기 때문에 오늘 밤에는 툴롱에 닿을 수 없을 것 같아서…."

"에그, 어림도 없지!" 여자는 웃으면서 말했다. 그녀의 눈초리는 젊고 유쾌했으며 말할 때 손을 흔들곤 했다. "걸어서 툴롱까지 간단 말이야? 꿈같은 얘기들이지! 아무려나, 그건 내가 알 바 아니고! 방은 있어요. 이 프랑이고, 선불이야…." 그리고 다니엘이 지갑을 꺼내는 걸 보자 "수프가 따끈한데, 두 그릇 갖다줄까?" 둘은 그러라고 했다.

방은 지붕 밑의 다락방이었다. 침대는 하나뿐이었고, 이부자리도 새것이 아니었다. 두 소년은 약속이나 한 듯이 아무 말 없이 재빨리 구두를 벗고 옷을 입은 채로 등을 마주대고 이불 속으로 기어들었다. 그들은 오랫동안 잠을 이루지 못했다. 달빛이 천창을 통해 휘영청 비추고 있었다. 옆의 헛간에서는 쥐들이 바스락거리면서 뛰어다니고 있었다. 자크는 희끄무레한 벽 위로 무시무시한 거미 한 마리가 기어다니는 것을 보고는 어둠 속에서 기절할 뻔했다. 그러고는 밤새도록 자지 않겠다고 단단히 결심했다. 다니엘은 마음속으로 육체가 지은 죄를 되새겨보고 있었다. 그의 상상력은 이미 그 기억들로 가득 차 있었다. 그의 온몸은 땀에 흠뻑 젖은 채, 호기심과 혐오와 쾌감에 숨을 헐떡이며 꼼짝도 않고 있었다.

그다음 날 아침—자크는 아직도 자고 있었다—다니엘이 그 같은 환상에서 벗어나기 위해 일어나려 하고 있을 때 여인숙 안에서 떠들썩한 소리가 들렸다. 밤새도록 그는 자신이 겪은 일에 대한 생각으로 시달렸기 때문에, 언뜻 떠오른 것이 방탕한 짓을 했다고 자기를 고소하기 위해 누군가가 온 것이라는 생각이었다. 아니나 다를까 자물쇠가 떨어져 나간 쪽의 방문이 열렸다. 주인아주머니가 헌병을 데리고 들어섰다. 헌병이 들어서면서 문틀에 이마를 부딪쳐 모자가 벗겨져 떨어졌다.

“엊저녁에 먼지투성이들이 되어서 왔더군요.” 주인아주머니가 연방 웃음을 띤 채 귀걸이를 흔들면서 설명했다. “저 구두꼴 좀 봐요. 걸어서 툴롱까지 간다는 둥 꿈같은 얘기를 하더군요! 그 밖에야 제가 알겠어요? 그리고 저기 큰 녀석은” 하고 노파는 팔찌를 쩔렁거리며 다니엘 쪽으로 팔을 내밀며 말했다. “방값하고 수프값 사 프랑 오십 상팀을 치르려고 백 프랑짜리 지폐를 내놓더라니까요!”

헌병은 흥미 없다는 듯이 모자의 먼지만 털고 있었다.

“자, 일어나!” 하고 그는 무뚝뚝하게 말했다. “그리고 너희들 이름하고 성, 그 밖의 모든 걸 다 털어놓도록 해.”

다니엘은 망설였다. 그러나 자크는 침대에서 뛰어나왔다. 짧은 바지에 양말 바람으로 싸움닭처럼 우뚝 서 있는 꼴이 그 키다리 헌병을 때려눕히기라도 할 것 같았다. 그러더니 헌병의 얼굴에 대고 소리쳤다.

“모리스 르그랑. 이쪽은 조르주, 내 형이에요! 우리 아버지가 툴롱에 있어요. 아버지한테 가는 길인데 왜 그래요!”

몇 시간 뒤에 두 소년은 빠른 속도로 가고 있는 마차 속에 헌병 두 사람과 수갑이 채워진 불량배들과 함께 실려 마르세유로 돌아왔다. 유치장의 높은 문이 열렸다가 다시 무겁게 닫혔다.

"들어가." 헌병 한 사람이 감방 문을 열면서 말했다. "그리고 호주머니를 뒤집어서 있는 걸 다 내놔. 저녁때까지만 같이 넣어두는 거야. 그동안 너희들이 한 수작이 사실인지 조사해볼 테니까."

그러나 저녁때가 되기 훨씬 전에 헌병 조장이 들어와서 그들을 중위의 방으로 데리고 갔다.

"숨겨도 소용없어, 너희들이 누군지 다 탄로 났으니까. 일요일부터 너희들을 수배하고 있었어. 너희들 파리에서 왔지. 너, 큰 녀석, 네 이름은 퐁타냉, 그리고 넌 티보. 점잖은 집 아이들이 불량소년들 모양으로 길거리를 헤매고 돌아다니다니!"

다니엘은 화난 표정을 하고 있었다. 그러나 실은 깊은 안도감을 느끼고 있었다. 이젠 끝났다! 어머니는 이미 자기가 살아있다는 것을 아실 테고, 기다리고 계실 것이다. 어머니에게 사과드리자. 어머니의 용서를 통해 모든 것이, 그가 지금 어지러운 마음으로 생각하고 있는 그것, 누구에게도 고백할 수 없는 그것까지도 씻겨질 것이다.

자크는 이를 악물고 있었다. 그는 요오드팅크 병과 단도를 생각하며 절망에 차서 빈 호주머니를 움켜쥐고 있었다. 머릿속에서는 복수와 탈주의 계획이 수없이 세워지고 있었다. 그때 중위가 덧붙여 말했다.

"가엾은 너희 부모님들은 걱정이 이만저만 아니시다."

자크는 중위에게도 무서운 눈길을 던졌다. 그러고는 갑자기 얼굴을 일그러뜨리며 울음을 터뜨렸다. 그의 눈앞에 아버지, 유모, 그리고 어린 지즈의 모습이 스쳤던 것이다…. 그의 마음은 애정과 후회로 복받쳤다.

"가서 한잠 자거라." 중위가 말했다. "내일 필요한 조치를 취하게 될 거다. 지시를 기다리고 있으니까."

8

제니는 이틀째 반수半睡 상태에 빠져 있었다. 몹시 쇠약해지기는 했으나 열은 없었다. 퐁타냉 부인은 유리창에 기대어 서서 한길에서 나는 소리에 귀를 기울이고 있었다. 앙투안이 집 나간 두 소년을 찾으러 마르세유로 내려갔다. 오늘 저녁에는 그 애들을 데리고 돌아올 터였다. 방금 시계는 아홉시를 쳤다. 지금쯤은 돌아왔어야 할 텐데.

그녀는 몸을 움찔했다. 집 앞에 마차 멎는 소리가 난 것이 아닐까?

벌써 그녀는 층계참으로 나가서 난간을 두 손으로 꽉 잡고 있었다. 강아지도 어느새 달려 나가서 아들의 귀가를 즐거워하며 짖어댔다. 퐁타냉 부인은 허리를 굽혔다. 그러자 갑자기 아들의 모습이 불쑥 나타났다! 그것은 아들의 모자였다. 챙에 얼굴이 가려졌으나 아들이 쓴 모자가 분명했다. 옷 속에서 들썩이는 어깨의 움직임, 그것도 또한 다니엘의 몸짓이었다. 아들이 앞에 올라오고 있었고, 그 뒤를 동생의 손을 잡은 앙투안이 따라오고 있었다.

다니엘이 눈을 들어 어머니를 바라보았다. 어머니 머리 위에 켜져 있는 층계참의 전등 불빛 때문에 어머니의 머리가 새하얗게 보였고, 얼굴은 어둠 속에 잠겨 있었다. 다니엘은 어머니가 자기 쪽으로 내려오는 것을 직감하면서 머리를 숙인 채 올라갔다. 그러나 발을 올려 딛기가 힘들었다. 그래서 얼굴도 들지 못하고 숨도 못 쉬면서 모자를 벗었을 때 그는 이마를 어머니의 가슴에 파묻고 어머니의 몸에 꼭 붙어 서 있는 자신을 발견했다. 그는 고통스러웠다. 기쁨을 느낄 수 없을 지경이었다. 그는 이 순간을 너무나 고대하고 있었던 나머지 막상 닥치고 나자 아무런 감회도 느낄 수 없었다. 그래서 마침내 어머니의 가슴에서 고개를 들었을 때 무안해하는 그의 얼굴에서는 눈물 한 방울 보이지 않았다. 계단 벽에 기대어 서서 울음을 터뜨린 것은 자크였다.

퐁타냉 부인은 두 손으로 아들의 얼굴을 쥐고는 자기 입술에 끌어당겼다. 그녀는 한마디의 꾸지람도 없이 오랫동안 아들에게 입을 맞추어주었다. 그러나 앙투안에게 이렇게 물었을 때는 참담했던 한 주일 동안의 불안 때문에 그녀의 목소리가 떨렸다.

"아이들은 저녁이나 먹었나요?"

다니엘이 속삭이듯 물었다.

"제니는요?"

"이젠 괜찮다. 자리에 누워 있으니 가보려무나. 너를 기다리고 있단다…." 그리고 다니엘이 어머니의 품에서 빠져나와 뛰어들어 가려고 하자, 어머니는 "얘야, 가만가만히, 조심해야 한다. 몹시 앓았거든…" 하고 말했다.

곧 눈물을 거둔 자크는 호기심 섞인 시선을 그의 주위에 던지지 않을 수 없었다. 여기가 다니엘의 집이고, 이것이 날마다 학교에서 돌아올 때 다니엘이 올라가는 계단이며, 이것이 다니엘이 건너가는 현관, 그리고 이 부인이 바로 다니엘이 이상스럽게도 정다운 목소리로 **엄마**라고 부르는 여자인가?

"그리고 자크는" 하며 부인이 말했다. "나한테 키스해주지 않아?"

"응답해야지!" 하고 앙투안이 빙그레 웃으며 말했다.

그는 동생의 등을 밀었다. 부인이 팔을 절반쯤 벌렸다. 자크는 그 속으로 다가가 방금 다니엘이 오랫동안 이마를 대고 있던 그 자리에 이마를 갖다 대었다. 퐁타냉 부인은 생각에 잠겨 손가락으로 그의 작은 갈색 머리를 쓰다듬어 주었다. 그리고 미소를 띤 얼굴로 앙투안을 돌아보았다. 그러고 나서 앙투안이 문간에 선 채로 빨리 가고 싶어 하는 기색을 알아차리고 부인은 매달리는 소년 너머로 의식적이면서도 감사에 넘친 몸짓으로 그에게 두 손을 내밀었다.

"자, 어서들 가보세요. 아버님께서 기다리고 계실 테니까요."

제니의 방문은 열려 있었다.

다니엘은 한쪽 무릎을 꿇고 머리는 이불 위에 묻은 채 두 손으로 제니의 손을 꼭 잡고는 거기에 입술을 대고 있었다. 제니는 울고 있었다. 두 팔을 내밀고 있어서 아이의 상반신이 베개 밖으로 비스듬히 밀려 나와 있었다. 힘들어하는 빛이 역력했다. 너무 야위어서 표정이 눈빛에만 남아 있었다. 아직도 병색이 짙은, 여전히 굳은 의지가 엿보이는 눈길, 이미 성숙한 여자의 수수께끼 같기도 하고 천진난만함과 명랑함을 오랫동안 잃어버린 상태인 듯한 그런 눈길이었다.

퐁타냉 부인이 가까이 왔다. 부인은 하마터면 몸을 굽혀 두 아이를 함께 품에 껴안을 뻔했다. 그러나 제니를 피로하게 해서는 안 되었다. 그녀는 다니엘을 일으켜 그의 방으로 데리고 갔다.

방 안은 환하게 밝혀져 있었다. 부인은 벽난로 앞에 티테이블을 준비해 놓았었다. 구운 빵과 버터, 꿀, 그리고 따끈하게 냅킨을 덮어놓은, 다니엘이 좋아하는 삶은 밤. 주전자에서 물 끓는 소리가 들려왔다. 방 안은 훈훈하고 아늑한 분위기였다. 다니엘은 별로 상태가 좋지 않았다. 그는 어머니가 내미는 접시를 손짓으로 물리쳤다. 그러자 부인의 낙심한 표정이란!

"왜 그러니, 얘야? 오늘 밤 엄마하고 맛있는 차 한잔 같이 마셔주지 않겠니?"

다니엘은 어머니를 바라보았다. 어머니가 전과 달라진 것이 무엇일까? 부인은 늘 하던 버릇대로 뜨거운 차를 조금씩 마시고 있었다. 차에서 무럭무럭 올라오는 김 속에서 미소를 지으면서 불빛을 등진 그 얼굴은 확실히 좀 피로해 보이기는 했지만 언제나 보아온 그 얼굴이었다! 아, 이 미소, 이 오랜 눈길…. 다니엘은 이처럼 두터운 애정을 감당해낼 수 없었다. 그는 자신의 감정을 숨기려고 고개를 숙인 뒤에 구운 빵 한 조각을 집어 먹는 척했다. 부인의 얼굴에는 더 많은 웃음꽃이 피어났다. 그녀는 행복했으며, 아무 말도 하지 않았다. 그녀는 치마폭에 쪼그리고 앉은 강아지를 쓰다듬어 주는 것으로 자신의 넘쳐흐르는 애정을 가누고 있었다.

다니엘은 빵을 놓았다. 여전히 시선을 내리깐 채 얼굴이 핼

쑥해지면서 이렇게 물었다.

"학교에선 엄마한테 뭐라고 했어요?"

"난 그건 다 거짓말이라고 했다!"

다니엘의 얼굴이 마침내 펴졌다. 눈을 들어 어머니의 눈길을 마주 보았다. 그것은 분명히 신뢰하고 있는 눈길이었다. 그러나 무엇인가를 묻고 있는 눈길, 자신의 신뢰가 틀리지 않았다는 확신을 얻고 싶어 하는 그런 눈길이었다. 말 없는 이 물음에 대해 다니엘의 눈은 다시 의심할 여지가 없이 대답하고 있었다. 그러자 부인은 만면에 희색을 띠고 다가와서 낮은 목소리로 말했다.

"얘야, 글쎄, 왜 나한테 모든 걸 말해주지 않고 그처럼…"

그녀는 하던 말을 마치지 않고 일어섰다. 현관에서 철그렁거리는 열쇠 소리가 났던 것이다. 그녀는 반쯤 열린 방문 쪽으로 몸을 돌린 채 움직이지 않고 서 있었다. 강아지가 꼬리를 저으며 반가운 손님을 맞으려는 듯이 짖지도 않고 살그머니 빠져나갔다.

제롬이 나타났다.

그는 미소를 짓고 있었다.

그는 외투도 입지 않았고 모자도 쓰고 있지 않았다. 그의 태도가 너무나 자연스러워서 마치 그 집에 살고 있으면서 자기 방에서 방금 나온 사람처럼 보였다. 그는 다니엘을 슬쩍 쳐다보았으나 아내에게로 가까이 가서 그녀의 손을 잡고 키스를 했다. 부인은 하는 대로 내버려두었다. 그의 주위로 마편초와 레몬 향기가 풍겼다.

"여보, 이제 오는 길이오! 무슨 일이 있었다고? 미안하게 됐소, 정말…."

다니엘은 즐거운 얼굴로 아버지에게 다가갔다. 그는 어렸을 때는 오랫동안 어머니에게만 치우친 샘 많은 애정을 표시했었지만 차츰 아버지를 사랑할 수 있게 되었다. 그러나 아직까지도 그는 아버지가 어머니와 자기 사이의 긴밀한 관계에서 늘 제외되어 있다는 것을 은근히 기쁘게 생각했고 그것을 받아들이고 있었다.

"뭐야, 넌 집에 있었구나. 그건 다 무슨 소리였지?" 하고 제롬이 물었다. 그는 아들의 턱을 손으로 받치고 눈살을 찌푸리며 아들의 얼굴을 바라보았다. 그리고 키스해주었다.

퐁타냉 부인은 그대로 서 있었다. '이번에 돌아오면' 하고 그녀는 마음먹고 있었다. '내쫓아버려야지.' 그녀의 원한이나 결심이 약해진 것은 아니었다. 그러나 남편은 너무나 불시에 나타났고, 어처구니없을 정도로 태연하지 않은가! 그녀는 남편에게서 눈을 뗄 수 없었다. 남편이 돌아옴으로 해서 자신의 마음이 얼마나 혼란해졌는지, 또 자기가 남편의 그 눈길과 미소와 몸짓의 감칠 듯한 매력에 아직도 얼마나 마음이 끌리고 있는지를 그녀는 스스로 부인하고 싶었다. 곧 제롬은 그녀의 평생의 남자였던 것이다. 그녀의 머릿속에 문득 돈 생각이 떠올랐다. 그러자 자신의 소극적인 태도를 변명하기 위해 그 생각에 매달렸다. 바로 그날 아침에 남아 있던 마지막 돈을 쓰지 않으면 안 되었던 것이다. 그녀는 더 이상 기다릴 도리가 없었다. 제롬은 알고 있었다. 아마 이달 치 생활비를 가지고 왔을 것이다.

다니엘은 뭐라고 대답해야 할지를 몰라서 어머니 쪽으로 몸을 돌렸다. 그러자 그때 어머니의 맑은 얼굴에서 무어라고 말할 수는 없으나 무엇인가 아주 특이한, 그리고 아주 친밀한 어떤 표정을 언뜻 보고는 무안해서 고개를 돌렸다. 그는 마르세유에서 눈길의 순진성까지도 잃고 말았던 것이다.

"여보, 이 녀석을 좀 야단쳐야 할까?" 제롬이 이를 반짝 드러내 슬쩍 미소를 지으며 말했다.

부인은 금방 대답하지 않았다. 마침내 그녀는 어떤 복수욕에 불타는 듯한 가시 돋힌 어조를 한마디 던졌다.

"제니가 하마터면 죽을 뻔했어요."

제롬은 아들을 놓아주고 아내에게로 한 걸음 다가갔다. 그 얼굴이 얼마나 근심에 찬 빛이었던지 부인은 애초에 남편에게 주려고 했던 고통을 덜어주기 위해 당장에라도 모든 것을 용서하고 싶은 심정이 되었다.

"이젠 괜찮아요." 하며 부인은 큰 소리로 말했다. "안심하세요."

그녀는 남편을 빨리 안심시키려고 짐짓 미소를 지었다. 사실 그 미소야말로 일시적인 굴복을 뜻하는 것이 아닐 수 없었다. 부인은 그 사실을 알고 있었다. 모든 것이 그녀의 위엄을 손상시키게 되는 것이었다.

"가보세요." 그녀는 제롬의 손이 떨리고 있는 것을 보고 덧붙였다. "하지만 깨우진 마세요."

몇 분인가 흘렀다. 퐁타냉 부인은 의자에 앉아 있었다. 제롬은 발끝으로 살며시 돌아와서 조심스럽게 방문을 닫았다. 그의 얼굴은 애정으로 빛나고 있었다. 그러나 불안한 표정은 사라졌다. 그는 다시 웃으며 눈을 깜박거렸다.

"자고 있는 얼굴을 당신도 좀 보았으면 좋았을걸! 한쪽으로 비스듬히 뺨을 두 손에 괴고…." 그의 손가락들이 잠든 소녀의 아리따운 몸맵시를 허공에 그리고 있었다. "좀 야위긴 했지만 차라리 야윈 게 나은 것 같기도 해. 전보다 더 예뻐졌으니 말이오! 안 그렇소?"

그녀는 아무 대답도 하지 않았다. 그는 주저하며 물끄러미 아내를 바라보다가 큰 소리로 말했다.

"아니, 테레즈, 당신 머리가 하얗게 셌는걸?"

그녀는 일어서서 거의 뛰다시피 벽난로 앞으로 다가갔다. 그것은 사실이었다. 벌써 조금은 은발이 섞이기는 했었으나 금발이었던 그녀의 머리카락이 불과 이틀 동안에 관자놀이며 이마 주위까지 몽땅 희게 세어버린 것이다. 다니엘은 돌아왔을 때부터 어머니가 전과는 달라진 것 같으나 그것이 무엇인지 알 수 없었는데 이제야 깨달았다. 퐁타냉 부인은 멍한 상태에서도 한가닥 애석한 마음을 금하지 못하며 자신의 모습을 들여다보고 있었다. 거울 속으로 자기 뒤에 서 있는 남편의 모습이 보였다. 남편은 그녀에게 미소를 보내고 있었다. 부인은 자기도 모르게 그 미소에 위안을 느꼈다. 남편은 흥겨워하는 모습이었다. 그는 불빛을 받으며 나부끼는 색 바랜 머리카락 한 가닥을 손가락으로 가볍게 매만지고 있었다.

"당신에겐 그게 아주 잘 어울려. 기막히게 잘 드러내준단 말이야. 뭐랄까? 당신 눈의 그 젊음을 말이오."

부인은 변명이나 하듯이, 아니 그보다도 내심의 기쁨을 감추려고 이렇게 말했다.

"아, 제롬. 지난 며칠은 정말이지 밤이고 낮이고 너무 괴로웠어요. 지난 수요일엔 온갖 치료를 다해보았지만 희망이 없다고들 했어요…. 그런데 난 혼자였지요! 얼마나 무서웠던지!"

"가엾게도," 제롬은 힘차게 부르짖었다. "정말 미안하오. 좀 더 일찍 돌아왔어야 하는 건데! 당신도 알고 있는 그 일 때문에 난 리옹에 있었소" 하며 그가 아주 사실처럼 말을 이었기 때문에 부인은 잠깐 자기 기억을 더듬어보려고까지 했다. "그런데 내가 당신에게 주소를 일러 놓지 않았던 걸 그만 깜박 잊고 있지 않았겠소. 게다가 떠날 땐 당일로 돌아오려 했던 게 그만…. 그래서 올 때는 왕복 기차표 혜택도 못 보고 말았다니까."

그제야 비로소 테레즈에게 오랫동안 생활비를 주지 않았다는 생각이 그에게 문득 떠올랐다. 그러나 앞으로 삼 주 안에 한 푼도 돈이 들어올 길이 없었다. 그는 주머니 안에 있는 돈을 계산해보았다. 그러고는 얼굴을 찌푸리지 않을 수 없었다. 그러나 그는 이런 식으로 설명했다.

"그런데도 일이 잘 풀리지 않았어. 이렇다 할 거래가 하나도 이루어지지 않았으니까. 그래도 행여나 하고 끝까지 기대했었는데, 결국 빈손으로 돌아오고 말았는걸. 그놈의 리옹의 대은행가라는 축들은 흥정을 한다는 것이 시시하고 또 왜 그리 의심이 많은지!" 그러더니 얼른 여행 이야기를 시작했다. 그는 조금도 주저하지 않고 재미있게 이야기를 꾸며대고 있었다.

다니엘은 아버지의 말을 듣고 있었다. 생전 처음으로 그는 아버지 앞에서 일종의 부끄러움을 느꼈다. 그리고 아무런 까닭 없이, 그리고 아무런 관련도 없이, 그곳에서 그 여자가 말하던 남자, 그 여자가 '그이'라고 말하던 남자, 유부남이고, 무슨 장사를 한다던가 하며, 여자가 설명한 바에 따르면 밤에는 '본처와 함께' 외출하기 때문에 오후에만 찾아온다던 그 남자를 생각했다. 그리고 아버지의 말을 듣고 있는 어머니의 얼굴도 지금 그에게는 잘 이해되지 않았다. 그는 어머니와 눈이 마주쳤다. 어머니는 아들의 눈에서 무엇을 읽었을까? 다니엘 자신이 표현할 수 없는 어떤 생각들을 꿰뚫어 보았을까? 그녀는 약간 언짢은 듯 서둘러 말했다.

"얘야, 이제 가서 자거라. 너무 피곤해서 쓰러질라."

다니엘은 어머니의 말을 따랐다. 그러나 어머니에게 키스하려고 몸을 구부리는 순간 그에게는 제니가 죽어가고 있을 때 아무도 거들떠보지 않았던 그 당시의 어머니의 가련한 모습이 떠올랐다. 모두가 자신의 잘못이었다! 어머니를 괴롭혔던 것만큼 어머니에 대한 애정이 더욱 커졌다. 그는 어머니를 꽉 껴안고 어머니의 귀에 속삭였다.

"용서해주세요."

부인은 아들이 돌아온 순간부터 그 말을 기다렸었다. 그러나 아들이 좀 더 일찍 그 말을 해주었더라면 느낄 수 있었을 그 기쁨을 부인은 이젠 느낄 수 없었다. 다니엘이 그 사실을 느끼고 아버지를 원망했다. 퐁타냉 부인 역시 그 사실을 알았다. 그러나 부인은 단둘이 있을 때 진작 말해주지 않은 아들이 원망스러웠다.

반은 장난삼아, 반은 식욕이 동하여 제롬은 쟁반 앞으로 다가서서 익살스럽게 입을 삐죽 내밀고 쟁반의 음식을 하나하나 점검했다.

"이 달콤한 과자들은 다 누굴 위한 거지?"

그의 웃는 모습에는 꽤나 부자연스러운 구석이 있었다. 그는 머리를 뒤로 젖히고 웃었으므로 눈동자가 한쪽 구석으로만 쏠렸다. 그리고 그는 '하'를 세 번, 하나씩 조금 과장해서 "하! 하! 하!" 하고 웃음소리를 짜내는 것이었다.

그는 의자를 탁자 옆으로 끌고 가서 벌써부터 찻주전자를 붙잡고 있었다.

"그건 마시지 마세요, 식었어요" 하고 퐁타냉 부인은 주전자에 다시 불을 켜며 말했다. 남편이 괜찮다고 하자 그녀는 "가만히 좀 계세요" 하고 웃지도 않으며 말했다.

이제 단둘만이었다. 부인은 주전자를 살펴보려고 남편 가까이 갔다. 그러자 남편으로부터 풍겨오는 마편초와 레몬의 새콤한 향기가 그녀에게 스며왔다. 제롬은 반쯤 미소를 띠고 아내에게로 고개를 돌렸다. 그의 표정이 정답고 후회하는 빛을 띠었다. 그는 초등학생처럼 한 손에 빵을 들고 다른 쪽 팔을 아내의 허리에 둘렀다. 그 천연덕스러운 태도는 오랫동안 바람을 피운 그의 이력을 잘 나타내고 있었다. 퐁타냉 부인은 돌연 남편의 팔에서 몸을 빼냈다. 그녀는 자기 마음이 약해질까 봐 두려웠던 것이다. 남편이 팔을 거두자 그녀는 다시 가서 차를 따라놓고 이내 물러섰다.

그녀는 위엄을 지키고 있었으나 서글펐다. 남편의 그러한 무의식적인 태도 앞에서는 그처럼 사무치는 원한도 꺾이고 마는 것이었다. 거울을 통해서 몰래 남편을 살펴보았다. 호박琥珀빛 얼굴, 가느다란 눈, 뒤로 젖힌 허리, 어딘가 이국적인 옷차림에 이르기까지 모두가 그의 느슨한 태도에 동양적인 면을 풍기게 해주었다. 약혼 시절에 일기장에 '나의 사랑하는 사람은 인도의 왕자처럼 아름답다'고 썼던 일이 기억에 떠올랐다. 그녀는 남편을 바라보고 있었다. 지금도 옛날과 같은 눈으로 바라보는 것이었다. 남편은 낮은 의자에 비스듬히 앉아서 불 쪽으로 다리를 길게 뻗고 있었다. 그는 잘 손질된 손가락 끝으로 구운 빵에 하나씩 버터를 바르고는, 거기에 꿀을 노랗게 바르고 나서, 상반신을 접시 위로 구부려 게걸스럽게 빵을 먹었다. 빵을 다 먹고 나자 단숨에 홍차를 마신 다음 댄서처럼 유연한 몸짓으로 일어나 안락의자로 와서 길게 앉았다. 마치 아무 일도 없었고, 전과 다름없이 거기에서 살고 있는 사람 같았다. 그는 무릎 위로 뛰어오른 강아지 퓌스를 쓰다듬어 주었다. 그는 왼손 약지에 어머니로부터 물려받은 붉은 무늬의 커다란 마노瑪瑙 반지를 끼고 있었다. 짙은 검은색 바탕에 가니메데*의 젖빛 반면상半面像이 새겨진 옛날 반지였다. 그것은 오랫동안 끼었으므로 닳아져 손을 움직일 때마다 손가락 마디 사이를 미끄러져 왔다 갔다 했다. 그녀는 남편의 움직임 하나하나를 엿보고 있었다.

"담배를 피워도 괜찮겠지, 여보?"

그는 어떻게 할 도리가 없는 사람이었지만 그러나 상냥한 사나이였다. 그는 아주 독특하게 '아미(여보)'라고 말하는 버릇이 있었고, 마지막 모음의 발음을 키스라도 하듯이 입술가에 남기곤 했다. 그의 손가락 사이에서 은제 담배 케이스가 빛나고 있었다. 부인은 귀에 익은 찰칵 하는 소리를 들었다. 수염 아래로 담배를 살며시 피워 물기 전에 손등 위에 톡톡 치는 버릇도 눈

* 그리스 신화에 나오는 트로이의 왕자. 올림포스에서 신들에게 술 따르는 일을 맡았다.

에 익은 습관이었다. 그리고 성냥을 그으면 불꽃 같은 색깔의 투명한 두 개의 조개껍질로 변하는, 정맥이 비치는 그 갸름한 손을 그녀는 얼마나 잘 알고 있었던가!

그녀는 마음을 진정시켜 태연히 티테이블을 치우려고 노력했다. 지난 한 주일 동안 지칠 대로 지쳤다. 그리고 모든 용기가 필요한 지금 이 순간에 그것을 깨달은 것이다. 의자에 앉았다. 아무런 생각도 떠오르지 않았다. 이제는 성령의 가르침조차 잘 들어오지 않았다. 주님은 언젠가는 남편이 선의 길로 가도록 그를 돕게 하려고 방종한 생활 속에서도 여전히 선량한 마음을 가진 이 죄인 곁에 나를 보내신 것이 아닐까? 아니다. 급선무는 가정과 아이들을 지키는 일이다. 그녀의 생각이 천천히 되살아나고 있었다. 자기가 생각했던 것보다 자신이 더 굳센 마음을 가질 수 있다는 것이 큰 위안이 되었다. 제롬이 없는 동안에 기도로써 밝혀진 그녀의 마음속에 내린 판단은 지금도 변함이 없었다.

제롬은 조금 전부터 무슨 생각에 잠긴 듯이 물끄러미 부인을 보고 있었다. 그러다가 그의 눈길은 아주 진지한 표정을 지었다. 부인은 그 웃다 만 듯한 미소와 그 신중한 눈길을 알고 있었다. 그녀는 겁이 났다. 왜냐하면 사실 거의 무의식중에도 남편의 그 변화무쌍한 표정의 의미를 그때마다 꿰뚫어보고는 했지만, 항상 그녀의 직감은 어느 한계에 부딪치게 되고, 그 한계를 지나서는 그녀의 통찰력이 유사流砂 속으로 빨려 들어가곤 했기 때문이다. 그래서 그녀는 자주 '도대체 이 사람은 속이 어떻게 된 사람일까?' 속으로 묻곤 했다.

"그래, 나도 잘 알고 있소." 제롬은 약간 우수를 띠며 이야기를 시작했다. "테레즈, 당신은 나를 준엄하게 비판하고 있지. 아, 당신의 마음을 모르는 건 아니오. 너무나 잘 알고 있소. 만일 내가 아닌 다른 사람의 일이었다면 나도 당신처럼 비난했을 거요. 그리고 아마 이렇게 생각했겠지. 못난 놈이라고. 그래, 못난 놈이야. 말이나마 바르게 할 용기가 있어야겠지. 아, 이 모든 것을 어떻게 설명하면 좋을까?"

"무슨 소용이 있어요, 무슨 소용이…." 가련한 부인이 남편의 말을 중단시켰다. 그리고 자기 감정을 감출 줄 모르는 그녀의 얼굴은 애원하고 있었다.

제롬은 안락의자 깊숙이 몸을 파묻고는 앉아 담배를 피우고 있었다. 다리를 꼬고 있어서 맥없이 흔들고 있는 한쪽 다리가 발목까지 드러나 보였다.

"걱정 마오. 난 토론하자는 게 아니니까. 엄연히 사실이란 게 있고, 그 사실이 내 잘못을 잘 말해주고 있소. 그러나, 테레즈, 이 모든 것에는 눈에 보이는 이유 외에 또 다른 이유가 있게 마련이오." 그는 서글픈 미소를 지었다. 그는 자기 잘못에 대해 궤변을 늘어놓고 도덕적 견해에서 이론을 늘어놓기를 즐기는 성격이었다. 아마도 그렇게 함으로써 그는 자신에게 아직도 약간 남아 있는 프로테스탄티즘을 만족시키고 있는 것인지도 몰랐다. "가끔," 하며 그는 이야기를 계속했다. "나쁜 행동에도 나쁜 동기 외에 다른 동기도 있을 수 있지. 마치 본능의 난폭한 만족을 추구하는 것 같아 보이기 쉬워. 하지만 사실 때로는, 아니 흔히 그 자체로서는 선량한 감정—가령 동정심이라든가, 그런 감정에 끌리는 수가 있거든. 그러다가 자기가 사랑하는 사람을 괴롭히게 되지. 그렇게 되는 건 때때로 또 다른 한 사람—불행하고 신분도 낮고 조금만 돌봐주면 반드시 구해줄 수 있을 그런 사람을 동정하기 때문일 수가 있어….”

그녀는 강변에서 흐느끼고 있던 그 연약한 여공의 모습이 눈앞에 떠올랐다. 다른 기억들도 떠올랐다. 마리에트, 노에미…. 그녀는 에나멜 구두가 왔다 갔다 흔들거리는 모습을 물끄러미 바라보고 있었다. 구두 위로 램프의 반사 불빛이 밝았다가 없어졌다가 했다. 결혼 초에 남편이 갑작스레 긴급한 사업상의 연회라고 하며 나갔다가는 새벽에야 돌아와서 자기 방에 들어가 저녁때까지 자곤 하던 일이 생각났다. 그리고 그녀가 읽은 그 익명의 편지들. 그녀는 그 편지들을 읽고는 찢어버리고 태워버리고 발로 짓밟고 했지만 그 독소의 힘은 조금도 줄이지 못했다! 또 제롬이 하녀들을 건드리고, 자기 친구들을 차례로 농락하던 것도 보았다. 그리하여 그는 그녀 주위의 모든 사람들을 다 떠나게 했던 것이다. 또 처음에는 용기를 내어 퍼부었던 비난과 성실하고 너그럽게 이야기하던 신중한 부부 싸움의 기억도 되새겨보았다. 그러나 그녀의 기억 속에는, 항상 자기 변덕대로만 행동하려 하며, 속을 내보이지 않고 늘 회피하려 하며, 명백한 사실들 앞에서도 청교도처럼 분개하며 그 사실을 부인하는가 하면, 또 금방 어린애처럼 다시는 안 그러겠다고 웃으면서 맹세하던 남편밖에 떠오르지 않았다.

“그러니까 말이오” 하며 제롬이 말을 이었다. “난 당신한테 잘못하고 있어. 난… 그래 그렇고말고! 털어놓고 얘기하지 뭐. 하지만 테레즈, 난 모든 마음을 다 바쳐 당신을 사랑해. 당신을 존경해. 그리고 당신이 불쌍하고. 그 밖엔 아무것도, 절대로 맹세하오만 단 한 번도, 단 한순간도 내 마음속에 깊이 뿌리박고 있는 이 사랑에 비길 만한 일은 한 번도 없었소!

아! 내 생활은 추해. 그걸 변명하진 않겠소. 내 생활이 부끄럽소. 하지만 여보, 내 말 좀 들어봐요. 당신이 만일 내 행동 하나만 보고 판단한다면, 그건 정말이지 당신처럼 공명정대한 사람이 불공평한 판단을 하게 되는 거요. 난… 난 잘못은 많이 했지만 꼭 그렇게 나쁜 놈은 아니란 말이오. 어떻게 설명해야 할지 모르겠어. 당신은 내 말을 듣고 있는 것 같지 않군…. 이 모든 것은 내가 설명하고 있는 것보다 몇천 배나 더 복잡한 것이지. 하긴 나 자신에게도 그런 건 어쩌다가 몇몇 조각들만 언뜻 비쳐오는 것이니까….”

그는 입을 다물었다. 고개를 숙이고 눈은 먼 곳을 바라보고 있었다. 마치 자기 생활 깊숙이 숨은 진실에 한순간 도달해보려는 그 헛된 노력에 기운이 빠져버린 사람처럼 그는 다시 머리를 들었다. 퐁타냉 부인은 자기 얼굴 위로 제롬의 스치는 듯한 시선이 지나가는 것을 느꼈다. 보기에는 퍽 가벼운 시선이었으나 지나가면서 상대방의 시선을 끌어, 말하자면 그 시선을 낚아채어 그에게 얼마 동안 얽어매는 그런 힘을 지닌 시선이었다. 그것은 마치 자석이 너무 무거운 쇠를 끌어 올리다가 얼마 뒤에 떨어뜨리는 것과 같았다. 다시 한번 두 사람의 시선이 부딪쳤다가 떨어졌다. ‘당신 역시’ 하고 부인은 생각했다. ‘본성은 당신의 생활보다 나을지도 모르지요?’

그러면서도 부인은 어깨를 으쓱해 보였다.

“당신은 내 말을 믿지 않는군” 하고 제롬이 중얼거렸다.

부인은 초연한 어조로 말하려고 애썼다.

“아, 난 당신을 믿고 싶어요. 그리고 이미 수없이 믿었었고요.

하지만 그건 아무래도 좋아요. 당신이 잘못했든 안 했든, 당신에게 책임이 있든 없든 간에, 제롬, 해서는 안 될 일이 지금까지 계속되어왔고, 또 지금도 매일 일어나고 있고, 앞으로도 그럴 거예요. 하지만 앞으로 더 이상 계속되어선 안 되겠어요…. 그러니까 이제 우리 헤어져요. 아주 헤어지는 거예요."

부인은 나흘 전부터 수없이 이런 생각을 해왔기 때문에 냉담하게 또박또박 말할 수 있었다. 제롬은 그러한 말투가 무엇을 의미하는지 잘 알고 있었다. 부인은 남편이 당황해하며 고통스러워하는 기색을 보이자 이렇게 급히 덧붙였다.

"이제는 아이들이 있어요. 그 애들이 어렸을 때는 아무것도 몰랐으니까 나 혼자서만…" (그녀는 '고통받았다'라는 말을 하려다가 쑥스러워서 그만두었다.) "제롬, 당신이 내게 주는 불행은… 이제는 내 애정에만 상처를 주고 있지 않아요. 그 불행은 당신과 함께 이 집 안으로 들어와서 이 집 안의 공기 속에, 아이들이 숨 쉬고 있는 공기 속에 퍼지고 있어요. 이젠 더 이상 견딜 수 없어요. 이번 주에 다니엘이 한 짓을 보세요. 주님은 내가 그 애를 용서한 것처럼 그 애가 내게 입힌 상처를 용서해주셨어요! 그 애는 지금, 아직은 바른 마음으로 그 일을 뉘우치고 있어요." 그때 부인의 눈길에는 도전적이고 자부심에 찬 빛이 언뜻 비쳤다. "하지만 난 분명히 믿고 있어요. 당신의 나쁜 본보기가 그 애를 그릇된 길로 인도했다고요. 사업… 때문이라며 툭하면 집을 비우는 당신을 보지 않았다면, 그 애가 그렇게 쉽게, 내가 얼마나 걱정할까는 생각지도 않고, 그렇게 집을 나갈 수 있겠어요?" 부인은 일어서서 주저하는 발길로 벽난로 앞으로 한 걸음 다가서서 자신의 흰 머리카락을 들여다보았다. 그리고 남편을 보지는 않고, 남편 쪽으로 조금 고개를 숙인 채 이야기를 계속했다. "제롬, 난 곰곰이 생각해봤어요. 이번 주일엔 정말 괴로웠어요. 기도도 하고, 생각도 많이 했어요. 이젠 당신을 비난할 생각도 없어요. 게다가 오늘 밤엔 그럴 기운도 없고요. 난 너무 지쳤어요. 내가 바라는 것은 당신이 현실을 있는 그대로 똑바로 봐 달라는 것뿐이에요. 그러면 내 말이 옳다는 것을, 우리에게 다른 어떤 해결책도 있을 수 없다는 사실을 인정하게 될 거예요. 우리가 같이 산다는 건…" 부인은 말을 이었다. "…우리가 같이 사는 생활에서 아직 남아 있는 것, 우리 사이에 남아 있는 그 알량한 것, 제롬, 이젠 난 못 견디겠어요." 그녀의 몸이 굳어졌다. 그녀는 두 손을 벽난로의 대리석 위에 얹고는 말 한마디 한마디를 몸짓과 손짓으로 강조하며 끊어 말했다. "난—이젠—싫어요."

제롬은 대답하지 않았다. 그러나 부인이 물러설 겨를도 없이 그는 부인의 발밑에 미끄러져서 억지로 용서를 얻어내려는 어린아이처럼 부인의 허리에 뺨을 갖다 댔다. 그러고는 떠듬떠듬 말했다.

"내가 당신과 헤어져 살 수 있을 것 같소? 내가 우리 아이들 없이 살 수 있을 것 같소? 난 이 머리에 한 방 쏘아버릴 수밖에 없을 거요!"

남편이 관자놀이에 총을 쏘는 시늉이 어찌나 어린애 같던지 부인은 웃음을 터뜨릴 뻔했다. 제롬은 스커트 옆으로 늘어뜨린 테레즈의 손목을 잡고 거기에 키스를 퍼부었다. 부인은 손을 뽑아 손가락 끝으로 남편의 이마를 쓰다듬었다. 무심하고 힘없는 그 동작은 마치 어머니의 몸짓 같았으나 돌이킬 수 없는 그녀의 결심을 보이고 있었다. 제롬은 그것을 잘못 알고 고개를 들었다. 그러나 아내의 얼굴을 보자 그는 자기 짐작이 얼마나 틀린 것이었는지를 이내 깨달았다. 부인은 곧 물러섰다. 그녀는 티테이블 위에 놓여 있던 여행용 시계 쪽으로 팔을 내밀었다.

"두시나 됐네!" 그녀가 말했다. "너무 늦었어요. 그럼… 내일 또 오세요."

그는 시계판 위로 눈길을 보냈다. 그리고 베개가 하나만 놓인 채로 잠자리가 준비되어 있는 커다란 침대 쪽으로 눈길을 옮겼다.

그 순간에 부인이 한마디 덧붙였다.

"어서 가셔야지 차 잡기 힘드시겠어요."

그는 놀란 듯 애매한 몸짓을 했다. 오늘 밤에 다시 집을 나갈 생각은 꿈에도 하지 않았었다. 여기는 그의 집이 아니던가? 그의 방은 항상 준비된 상태로 그를 기다리고 있었다. 복도를 건너기만 하면 그의 방이었다. 그가 나흘, 닷새, 엿새 집을 비웠다가 오밤중에 돌아온 것은 헤아릴 수 없을 정도가 아니었던가? 그럴 때면 으레 그는 파자마 바람으로 산뜻하게 수염을 깎고, 무어라 설명할 수 없는 말 없는 아이들의 불신을 없앨 양으로 우스갯소리를 하며 아침 식탁에 나와 앉곤 했었다. 퐁타냉 부인은 모든 것을 다 알고 있었다. 지금 그녀는 남편의 얼굴에서 그가 그리고 있는 생각의 곡선을 읽고 있었다. 그러나 부인은 굽히지 않고 현관으로 난 문을 열었다. 그는 속으로는 적잖이 당황했지만, 마치 친구가 작별 인사를 하는 듯한 태도로 문을 나섰다.

외투를 입으면서 그는 아내에게 돈이 없다는 것을 생각했다. 전 같으면 다른 돈이 들어올 아무런 계획이 없더라도 주머니에 남아 있는 몇 장의 지폐를 서슴지 않고 주었을 것이다. 그러나 그 행동이 자기가 집을 나간다는 사실에 어떤 변화를 가져오지나 않을까, 그 돈을 받은 아내가 단호하게 자기를 내쫓지 못하게 되지나 않을까 하는 생각이 미묘한 상황에 처해 있는 그의 마음을 언짢게 했다. 게다가 또 아내가 그런 행동에 어떤 타산이라도 있는 게 아닐까 하고 자신을 의심할 것 같아 두려웠다. 그래서 그저 이렇게 말했다.

"여보, 아직도 난 당신에게 할 말이 많은데…."

이 말에 대해 부인은 헤어지겠다는 자기의 결심을 생각하며, 그리고 또 받아야 할 돈도 생각하며 재빨리 대답했다.

"내일 합시다, 제롬. 내일 오신다면 다시 만나겠어요. 그때 얘기합시다."

그러자 제롬은 점잖게 가야겠다고 결심을 하고 아내의 손끝을 잡아 입술에 대었다. 두 사람 사이에 주저하는 듯한 한순간이 흘렀다. 그러나 부인은 손을 빼고 층계참 쪽의 문을 열었다.

"그럼, 가겠소. 여보… 내일 봅시다."

그녀는 남편이 계단을 내려가면서 모자를 손에 든 채 미소를 지으며 자기를 향해 고개를 숙이는 모습을 마지막으로 한 번 더 보았다.

문이 닫혔다. 퐁타냉 부인은 혼자 남았다. 그녀는 이마를 문턱에 대었다. 무겁게 닫히는 대문 소리가 잠든 집 안을 흔들어 그녀의 뺨에까지 울려왔다. 그녀 눈앞의 양탄자 위에는 화려한 장갑 한 짝이 떨어져 있었다. 그녀는 자신도 모르게 그것을 집어서 입에 대고 냄새를 맡았다. 그 가죽과 담배 냄새 속에서 자신이 너무나 잘 알고 있는 더욱 미묘한 다른 어떤 냄새를 맡았다. 그러고는 거울에 비친 자신의 거동을 보고 그녀는 얼굴을 붉히며 장갑을 떨어뜨리고는 스위치를 홱 꺼버렸다. 어둠으로 인해 자신으로부터 해방된 그녀는 손으로 더듬어 아이들의 방까지 달려가서, 한참 동안 잠든 아이들의 숨소리를 들었다.

9

앙투안과 자크는 다시 마차에 올라탔다. 조약돌을 깐 포장도로를 느릿느릿 걷는 말발굽 소리가 마치 캐스터네츠를 치는 소리 같았다. 거리는 어두웠다. 헝겊을 씌운 좌석에서 나는 곰팡내가 어두운 마차 안에 가득했다. 자크는 울고 있었다. 피로와, 어머니 같은 퐁타냉 부인의 품에 안겼던 일이 마침내는 그의 마음에 후회의 감정을 몰아온 것이 틀림없었다. 아버지에게 뭐라고 대답할까? 그는 기운이 빠지는 것을 느꼈다. 그리하여 자신의 슬픈 심정을 달래기 위해 스스럼없이 형의 어깨에 기댔다. 앙투안도 그를 안아주었다. 그들 사이에 서먹서먹한 감정이 끼어들지 않기는 이번이 처음이었다.

앙투안은 무슨 말을 하고 싶었다. 그러나 그는 체면을 모조리 벗어버리지 못했다. 그의 목소리에는 뭔가 딱딱하고 억지로 호인인 척하는 데가 있었다.

"자, 봐, 자… 다 끝난 일이야… 이럴 게 뭐 있어…."

그는 입을 다물고는 동생의 상반신을 어깨에 기대게 하는 것으로 만족했다. 그러나 호기심이 그를 충동질했다.

"너 왜 그랬지, 응?" 그는 더욱 다정한 목소리로 다시 물었다. "어떻게 된 거야? 그 애가 너한테 그러자고 했어?"

"아, 아냐. 그 앤 싫다고 했어. 내가 그랬던 거야. 나 혼자서 그랬어."

"그건 왜?"

대답이 없었다. 앙투안이 어설프게 다시 물었다.

"봐, 학교 친구들이 어떤지는 나도 알고 있어. 너, 나한테 모든 걸 다 얘기해도 된다. 난 그게 어떤 건지 알고 있으니까. 유혹에 끌리는 수가…."

"그 앤 내 친구야. 그게 다야." 하고 자크가 형의 어깨에 기댄 채 말했다.

"하지만" 하고 형이 용기를 내어 물었다. "너희들 둘이선… 함께 뭘 하니?"

"얘기하지 뭐. 그 앤 나를 위로해주고."

앙투안은 더 이상 물을 수가 없었다. '그 앤 나를 위로해주고…'라는 자크의 말이 그의 가슴을 뜨끔하게 했다. '마음이 그렇게 슬퍼?'라고 그가 물으려 하는 순간에 자크가 용기를 내어 덧붙였다.

"그리고 형한테 다 얘기하자면, 그 앤 내 시를 고쳐줘."

앙투안이 거들었다.

"아, 그래. 그거 참 잘 됐구나. 난 찬성이다. 네가 시를 쓴다는 게 난 정말 기뻐."

"정말?" 자크가 물었다.

"정말이지, 아주 기쁘다. 사실 나도 전부터 알고 있었다. 너의 시를 몇 번 읽은 적도 있어. 굴러다니는 것들이 있더라고. 네게 말하진 않았지만. 하긴 우리는 서로 얘기하는 일이 없었지. 왜 그랬는지 모르겠지만 말이야. 하지만 참 좋은 것들이 있더라. 확실히 네겐 소질이 있어. 그걸 살려야 할 텐데."

자크는 더욱 몸을 기댔다.

"난 시처럼 좋은 게 없어" 하며 그는 속삭이듯 말했다. "내가 좋아하는 시를 위해서라면 난 뭐든지 다 버릴 수 있어. 퐁타냉은 나한테 책을 빌려줘. 이런 이야긴 아무한테도 하지 마, 응? 내가 라프라드니, 쉴리 프뤼돔이니, 라마르틴이니, 위고니, 뮈세 등을 읽을 수 있게 해준 건 그 애야…. 아, 뮈세! 형, 이런 시 알고 있어?

> 저녁의 창백한 별, 서쪽 장막으로부터
> 찬란한 그 이마 반짝이며 먼 곳에서 오는 사자使者여…

그리고 또

> 나와 함께 잔자던 그녀는,
> 오 주여, 이미 나를 떠나 당신에게로 간 지 오랜데
> 우리는 아직도 서로 단단히 얽혀 있어
> 그녀는 절반 살고 나는 절반 죽어…

그리고 또 라마르틴의 「십자가」, 형 알아?

> 생명이 꺼져가는 입술 위에서 마지막 숨결

마지막 이별과 함께 나에게 남기고 간 십자가여…

멋지지, 어때, 얼마나 아름다워, 얼마나 유창해! 읽을 때마다 난 막 가슴이 아파." 그의 가슴은 지금 터질 것 같았다. "집에선" 하고 그가 말을 이었다. "도무지 이해해주지 않아. 내가 시를 쓴다는 걸 알면 절대로 가만두지 않을 게 뻔해. 형은 다른 식구들하곤 달라." 그리고 그는 앙투안의 팔을 가슴에 껴안았다. "전부터 그걸 알고 있었어. 하지만 형은 아무 말도 안 했지. 그리고 또 형은 집에 있는 일이 별로 없고…. 아아 난 얼마나 좋은지 몰라! 하나밖에 없던 친구가 이제는 둘이 된 것 같은 기분이야!"

"아베 가이사, 여기 푸른 눈의 갈리아족 여인이 있어 …."

하고 앙투안이 미소를 지으며 외었다.

자크는 놀라 물러앉았다.

"형 그 노트를 읽었군!"

"그건 말이야, 이렇게 되었어…."

"아버지도?" 하고 자크가 어찌나 날카로운 목소리로 외쳤던지 앙투안은 이렇게 얼버무렸다.

"모르겠어… 아마 조금은…."

그는 말을 끝맺지 못했다. 자크는 마차 뒷구석에 몸을 던지고 두 팔로 머리를 부둥켜안은 채 쿠션 위에서 뒹굴었다.

"비겁해! 그따위 신부는 밀정이야, 치사한 놈 같으니! 난 공부 시간에 말할 테야. 고함을 지를 테야. 얼굴에 침을 뱉어주겠어! 퇴학시킬 테면 시키라지. 아무러면 어때. 또 도망쳐버릴 거야! 죽어버리고 말 테야!"

그는 발을 굴렀다. 앙투안은 한마디 말도 할 엄두가 나지 않았다. 갑자기 소년은 스스로 조용해지더니 한쪽 구석에 처박혀 두 눈을 가렸다. 이를 덜덜 떨고 있었다. 그의 침묵은 그가 화를 낼 때보다 보기에 더 딱했다. 다행히 마차는 생페르로路를 내려가고 있었다. 그들은 집에 다다른 것이다.

자크가 먼저 내렸다. 앙투안은 돈을 치르면서 동생에게서 눈을 떼지 않았다. 혹시 어둠 속으로 다시 달아나지 않을까 걱정되었기 때문이다. 그러나 소년은 완전히 지친 것 같았다. 거리의 불량소년 같은 그의 얼굴은 여행에 시달리고 슬픔에 지쳐 야위었으며 눈을 아래로 내리깔고 있었다.

"초인종을 누르지 그래?" 앙투안이 말했다.

자크는 대답도 하지 않았고, 꼼짝도 하지 않았다. 앙투안이 그를 집 안으로 들어가게 했다. 자크는 순순히 형의 말을 따랐다. 수위 프릴링 어멈이 호기심에 차서 자기를 보리라는 것도 생각하지 못했다. 그는 자기가 무력하다는 분명한 사실에 압도당해 있었다. 승강기가 그를 지푸라기처럼 들어 올려 아버지의 꾸지람 속으로 던져버렸다. 이제는 어디를 둘러보나 어떠한 반항도 불가능했으며, 다만 가정의, 경찰의, 사회의 메커니즘 속에 갇힌 몸이 되고 말았다.

그렇지만 다시 자기 집 계단에 섰을 때, 아버지가 만찬회를 열던 밤처럼 현관에 켜놓은 촛대를 보았을 때, 그는 아무튼 예전의 풍습이 자기를 둘러싸는 것을 의식하며 무언가 따뜻한 정을 느꼈다. 그리고 응접실 저쪽에서 유모가 더 자그마해 보이는 몸으로 여느 때보다도 더 몸을 흔들면서 자기를 향해 절뚝거리며 다가오는 것을 보았을 때, 자크는 원한도 거의 다 잊고 자기를 위해 벌리고 있는 검은 나사옷을 걸친 작은 두 팔 안에 달려들고 싶은 마음이 들었다. 유모는 그를 붙잡고 수없이 키스를 퍼부었다. 그러면서 날카로운 목소리로 떠듬떠듬 이렇게 중얼거렸다.

"무슨 짓이야! 인정머리도 없지! 그래 넌 우리를 말려 죽일 작정이었니? 아이구 하느님, 무슨 짓이야! 그래 넌 인정머리도 없단 말이야?" 그러면서 그녀의 라마 같은 두 눈에 눈물이 가득 고였다.

그러나 그때 서재의 문이 양쪽으로 활짝 열리며 한가운데로 아버지의 모습이 나타났다.

자크를 보는 순간 티보 씨는 마음의 동요를 억누를 수 없었다. 그러나 그 자리에 멈추어 서서 두 눈을 감았다. 그는 응접실에 그 복사판이 걸려 있는 그뢰즈의 그림*처럼 죄지은 아들이 그의 무릎 앞으로 달려와 엎드리기를 기다리고 있는 것 같았다.

아들은 감히 그러지 못했다. 서재 역시 무슨 잔칫날처럼 불이 환하게 밝혀져 있었고, 그때 마침 부엌문 앞에 두 하녀가 나타났으며, 더구나 티보 씨는 저녁에 입는 가벼운 저고리를 걸치고 있을 시간인데도 불구하고 프록코트를 입고 있었다. 이 모든 예사롭지 않은 광경이 자크를 마비시켜버렸다. 자크는 유모의 품에서 빠져나와 뒤로 물러섰다. 그리고 머리를 숙이고

* 18세기 프랑스의 화가. 그의 그림 〈벌 받은 아들〉.

자기도 모르는 그 무엇을 기다리면서, 울고 싶기도 하고 웃고 싶기도 한 심정을 동시에 느끼면서 서 있었다. 그의 가슴속에는 그토록 애정이 복받쳐 있었다!

그러나 티보 씨의 첫마디는 그를 이미 이 가정에서 쫓아내버리기라도 하려는 것 같았다. 사람들 앞에서 자크가 보인 그 태도가 관대해지려던 티보 씨의 생각을 단번에 사라지게 만들었다. 그는 그대로 버티고 서 있는 아들놈의 버릇을 단단히 고쳐주기 위해 철저하게 냉정한 태도를 보였다.

"아, 너 왔구나." 하며 그는 앙투안만을 향해 말했다. "어떻게 되었는지 궁금했다. 거기 일은 다 제대로 되었느냐?" 그가 내민 나른한 손을 잡은 앙투안으로부터 그렇다는 대답을 듣고 나자 이렇게 말했다. "고맙다, 얘야. 나 대신 그런 일을 처리해줘서…. 그런 창피한 일을!"

그는 잠시 망설였다. 그때까지도 죄지은 아들이 달려와주기를 기다리고 있었다. 그는 하녀들을 흘끗 쳐다보고 나서 다시 자크를 쳐다보았다. 자크는 음험한 표정으로 양탄자만 뚫어져라 바라보고 있었다. 그러자 티보 씨는 결정적으로 화가 나서 말했다.

"다시는 그런 추태가 일어나지 않도록 하기 위해 내일 당장 방침을 생각해보기로 하자."

그리고 유모가 자크를 아버지의 품속으로 떠밀려고 한 걸음 자크에게로 나아갔을 때—자크는 머리를 들지 않고서도 그것을 알아차렸고, 마지막으로 남은 구원의 길로 제발 그래주기를 바라고 있었다—티보 씨는 팔을 내밀어 엄하게 유모를 막았다.

"내버려둬요! 내버려두라니까! 몹쓸 자식이야, 목석 같은 놈이고! 이놈 때문에 모두들 걱정을 했다니, 그럴 가치도 없는 놈 아니야?" 그러고는 말을 꺼내려고 때를 엿보고 있던 앙투안을 향해 말했다. "앙투안, 오늘 밤까지만 이 몹쓸 녀석을 좀 맡아다오. 내일은 어떻게 해서든 네게서 그 짐을 덜어줄 테니까."

잠시 망설이는 분위기가 감돌았다. 앙투안은 아버지 쪽으로 다가갔고, 자크는 겁을 내며 고개를 들었다. 그러나 티보 씨는 대답할 기회도 주지 않을 기세로 다시 말을 이었다.

"자, 내 말 알겠느냐, 앙투안? 제 방으로 데려가거라. 이런 추태는 이젠 지긋지긋하다."

앙투안이 자크를 앞세우고 마치 처형장으로 가는 길에서처럼 하녀들이 벽 쪽으로 비켜서 있는 복도를 벗어나자 티보 씨는 여전히 눈을 내리깐 채 서재로 들어가서 문을 닫았다.

서재만 지나면 바로 침실이었다. 서재는 그의 부모님의 방이나 다름없었다. 서재는 그가 어린 시절부터 루앙 근처의 아버지 공장 사무실 안에서 보았던 그대로, 그 뒤에 파리로 법률 공부를 하러 왔을 때 부모님으로부터 물려받아 가지고 왔던 그대로 꾸며져 있었다. 서재에는 마호가니 옷장이 하나, 볼테르 양식의 안락의자 몇 개, 푸른 모직 커튼들, 아버지와 어머니가 그 위에서 차례로 돌아가신 침대가 놓여 있었고, 어머니가 손수 수를 놓은 융단이 깔려 있는 기도대 앞에는 그리스도의 초상이 걸려 있었다. 그는 이 그리스도의 초상을 몇 달 간격으로 아버지의 손과 어머니의 손에 손수 쥐어드렸었다.

그곳에서 홀로 본래의 자기 자신으로 돌아간 이 뚱뚱한 신사는 어깨를 움츠렸다. 그의 얼굴에서는 피로의 가면이 벗겨져 내리는 것 같았고, 얼굴 윤곽이 소박한 표정으로 변하여 어렸을 때의 사진 속 모습과 비슷하게 되었다. 그는 기도대 앞으로 다가가 몸을 던져 무릎을 꿇었다. 그는 두툼한 두 손을 익숙한 몸짓으로 재빨리 마주 잡았다. 이곳에서의 그의 동작 하나하나에는 무엇인가 편안하고 비밀스러운 자기 혼자만의 느낌이 깃들어 있었다. 그는 생기 없는 얼굴을 들었다. 지금 하느님에게 자신의 실망과 이 새로운 시련을 바치고 있었다. 그리고 마음속으로부터 모든 원한을 풀어버린 그는 지금 아버지로서 길 잃은 자식을 위해 기도를 드렸다. 기도대 아래에 있는 종교 서적들 틈에서 묵주를 꺼내었다. 그것은 그가 첫 영성체 때 받은 묵주로서 사십 년 동안 길이 들어 이제는 손가락 사이에서 저절로 굴렀다. 그는 두 눈을 감았다. 그러나 이마는 여전히 그리스도를 향했다. 그의 일상생활에서 이러한 내면적인 미소, 이 꾸밈없이 행복한 얼굴을 본 사람은 아무도 없었다. 그는 입술 사이로 중얼거렸다. 그 때문에 그의 아랫볼이 약간 떨리고 있었다. 그리고 그가 옷깃에서 목을 빼려고 일정한 간격을 두고 고개를 움직이는 동작은 마치 성단 아래에서 향로를 흔들고 있는 것 같은 모습이었다.

이튿날, 자크는 흐트러진 침대 위에 혼자 앉아 있었다. 방학도 아닌데 이처럼 자기 방에서 지내고 있는 이 토요일 아침, 그는 앞으로 자기가 어떻게 될 것인지 몰랐다. 학교며, 역사 시간이며, 다니엘을 생각해보았다. 집 안에서 나는 낯설고 적의를 품은 듯이 느껴지는 소리들, 양탄자를 비질하는 소리, 지나가는 바람에 삐걱거리는 문소리 등을 듣고 있었다. 그는 완전히

기가 죽은 것은 아니었다. 그보다는 오히려 흥분되어 있었다. 그러나 이렇게 하릴없이 앉아 있다는 사실과 집 안을 감돌고 있는 뭔지 모를 위협적인 분위기가 견딜 수 없이 불쾌했다. 그는 어떤 구원책이라고나 할 수 있는, 숨 막힐 듯이 가슴을 가득 채우고 있는 애정을 한꺼번에 다 쏟아버릴 수 있는 영웅적이고도 엉뚱한 희생이나 속 시원히 헌신할 수 있는 기회가 주어질 수 있었으면 하고 생각했다. 그러면서도 때때로 자기 연민에 빠져 머리를 번쩍 들고는 알아주지 않는 사랑과 증오와 자부심이 한데 뭉친 비뚤어진 쾌감의 한순간을 맛보기도 했다.

누군가가 방문 손잡이를 돌렸다. 지젤이었다. 머리를 막 감은 뒤여서 검은 곱슬머리가 어깨 위에 늘어진 채 마르고 있었다. 속옷 바람에 바지를 입고 있었다. 목, 팔, 종아리는 갈색인데다 헐렁한 바지에 강아지 같은 예쁜 눈, 싱싱한 입술, 그리고 머리카락을 풀어 헤치고 있어서 흡사 알제리 소년의 모습이었다.

"왜 왔어?" 자크는 퉁명스럽게 물었다.

"오빠 보러" 하고 소녀는 자크를 바라보며 대답했다.

열 살이 된 지젤은 지난주에 무슨 일이 있었다는 것을 눈치채고 있었다. 그리고 마침내 자크가 돌아온 것이었다. 그러나 아직도 모든 것이 제자리로 돌아오지는 않았다. 그것은 조금 전만 해도 머리를 빗겨주던 아주머니가 티보 씨에게 불려 가면서 얌전히 있으라고 이르고는 머리를 헝클어놓은 채로 자기를 내버려둔 것만 보아도 알 수 있었다.

"벨을 누른 게 누구지?" 하고 자크가 물었다.

"신부님."

자크는 눈살을 찌푸렸다. 지젤은 침대로 기어올라 자크 옆에 앉았다.

"불쌍한 자코" 하고 지젤이 속삭였다.

이 애정의 표시가 너무나 좋아서 자크는 고마운 마음에 지젤을 무릎에 올려놓고 키스해주었다. 그러나 귀는 밖으로 기울이고 있었다.

"빨리 나가, 누가 와!" 하고 그는 지젤을 복도 쪽으로 밀면서 작은 소리로 말했다.

그러고 나서 그에게는 겨우 침대에서 뛰어내려 문법책을 펼칠 시간밖에 없었다. 베카르 신부의 목소리가 문 뒤에서 났다.

"잘 있었니, 아가? 자코 여기 있니?"

그는 방으로 들어와 문지방에 섰다. 자크는 두 눈을 내리깔았다. 신부는 자크에게 다가와서 귀를 꼬집었다.

"엄청난 짓을 했더구나" 하고 그가 말했다.

그러나 소년의 시무룩한 표정을 보고는 이내 태도를 바꾸었다. 그는 자크를 대할 때는 늘 신중했다. 자주 길을 잃는 이 어린 양에게 호기심과 존중심이 섞인 어떤 특별한 애정을 느끼고 있었다. 그는 거기에 어떤 힘이 숨어 있는지 잘 알고 있었다.

그는 의자에 앉아서 소년을 자기 앞으로 오게 했다.

"그래, 아버님께 적어도 용서는 빌었겠지?" 그는 뻔히 알면서 이렇게 물었다. 자크는 그의 능청스러운 태도가 미웠다. 그는 신부를 흘끗 쳐다보고는 아니라는 표시를 해 보였다. 잠시 침묵이 흘렀다.

"얘야." 하며 신부는 상심한 듯하면서도 약간 주저하는 목소리로 말을 이었다. "모든 일에 난 몹시 섭섭하다. 솔직히 말하

마. 지금까지는 네가 잘못을 저질러도 난 늘 아버님께 네 변명을 해왔었다. 난 늘 이렇게 말씀드렸지. '자크는 착한 아이입니다. 훌륭한 자질을 가지고 있어요. 참고 기다립시다'라고 말이야. 그런데 오늘은 나도 무슨 말을 해야 좋을지 모르겠다. 그보다 더 중대한 건, 내가 어떻게 생각해야 할지 모르겠다는 것이다. 나는 너에 관해서 나로선 도저히 상상도 할 수 없는 많은 얘기를 들었다. 그 얘기는 나중에 하기로 하자. 난 이렇게 생각했다. '자크도 많이 생각해보았을 테니까 회개하고 다시 우리에게로 돌아오겠지. 그리고 진심으로 뉘우친다면 속죄받지 못할 잘못이란 없다'라고 말이야. 그런데 진심으로 뉘우치기는커녕 얼굴을 찌푸리고 후회하는 태도도 전혀 보이지 않고, 눈물 한 방울 흘리지 않는구나. 이번엔 너의 아버님께서도 크게 상심하고 계시더라. 내가 보기에 여간 딱하지 않아. 아버님께서는 네 마음이 이토록 메말라버렸으니, 도대체 네가 어느 정도까지 타락할 건지 모르겠다고 말씀하시더라. 그리고 나 역시 그런 생각이 들어."

자크는 목구멍에서 울음이 터져 나오지 않도록, 그리고 얼굴 근육 하나에라도 그 표정이 나타나지 않도록 주머니 속에서 주먹을 불끈 쥐고, 턱을 가슴께로 바싹 끌어당겼다. 용서를 빌지 못한 것이 얼마나 괴로운 일이었으며, 자기도 다니엘처럼만 맞아주었더라면 얼마나 따뜻한 눈물을 흘렸겠는가를 아는 사람은 오직 자기 자신뿐이었다! 그렇다! 어차피 이렇게 된 이상, 아버지에 대한 자기의 심정, 원한이 섞인 이 동물적인 애정, 서로 주고받을 수 있다는 희망을 더 이상 가질 수 없게 된 뒤로 오히려 더 복받치기까지 하는 이 동물적인 애정을 결코 누구도 눈치채지 못해야 했다!

신부는 잠자코 있었다. 그의 온화한 표정이 침묵을 더욱 무겁게 하고 있었다. 이윽고 그는 먼 곳을 바라보며, 아무런 서두도 없이 읊조리는 목소리로 말을 시작했다.

"어떤 사람이 두 아들을 두었는데, 작은아들이 재산을 다 모아서 먼 고장으로 떠나갔다. 거기에서 방탕한 생활로 재산을 허비하더니 재산을 다 없앤 뒤에 스스로 돌이켜 말하기를, 내가 일어나서 아버지께 말하기를 '아버지 저는 하늘과 아버지께 죄를 지었습니다. 이제 저는 아버지의 아들이라 말할 자격이 없습니다.' 하고 일어나서 자기 아버지에게로 돌아갔다. 그가 아직 멀리 있었는데, 아버지가 그를 알아보고 측은히 여겨 달려가 아들의 목을 끌어안고 입을 맞추었다. 그리고 아들이 말하기를, '아버지, 저는 하늘과 아버지께 죄를 지었으니 이제 저는 아버지의 아들이라 말할 자격이 없습니다.'…"*

이 순간에 자크의 고통은 그의 의지보다 더 강했다. 그는 울음을 터뜨리고야 말았다.

신부는 어조를 바꾸었다.

"난, 네가 마음속까지 나빠진 건 아니라는 걸 알고 있었다. 오늘 아침에 나는 너를 위해 미사를 올렸다. 자, 이제 너도 탕자처럼 하거라. 아버님께 가 봐. 그러면 아버님께서도 너를 측은히 여기실 거다. 그리고 그분도 역시 이렇게 말씀하실 거야. '내가 아들을 잃었다가 다시 얻었으니 우리가 즐거워하고 기뻐하는 것이 마땅하다!'**"

* 「누가복음」 제15장에 나오는 구절. 작가가 임의로 내용을 요약해서 배치하고 있다.

** 「누가복음」 제15장에 나오는 구절.

그러자 자크는 자기가 돌아왔을 때 현관에 촛불이 환히 켜져 있었으며, 티보 씨가 프록코트를 입고 있었던 일이 생각났다. 그리고 준비되었던 축하연이 어쩌면 자기 때문에 망쳐진 것인지도 모른다는 데에 생각이 미치자 더욱 가슴이 뭉클해졌다.

"또 한 가지 네게 말할 게 있다." 신부가 조그만 갈색 머리를 쓰다듬으며 말을 이었다. "너의 아버님께서는 네 문제에 대해서 퍽 중대한 결단을 내리셨다…." 그는 망설였다. 그러고는 할 말을 고르느라 우뚝 일어선 귓바퀴를 자꾸 쓰다듬었다. 귀는 뺨 위로 접혀져 내렸다가 다시 용수철처럼 튕겨 서곤 했다. 그리고 점점 새빨갛게 변했다. 자크는 감히 꼼짝도 할 수 없었다. "…그 결단에 나도 찬성했다" 하고 신부는 둘째 손가락을 입술에 대고, 집요하게 자크의 눈길을 찾으며 힘주어 말했다. "아버님께서는 너를 얼마 동안 우리로부터 떨어진 곳에 보내려는 생각이시다."

"어디로요?" 자크는 볼멘소리로 물었다.

"그건 아버님께서 말씀해주실 거다. 그러나 우선은 어찌 생각되든 간에, 다 너 잘되라고 하시는 일인 줄로 믿고 뉘우치는 마음으로 그 벌을 달게 받아야 한다. 아마 처음에는 여러 시간씩 혼자 떨어져서 자신하고만 대하는 생활이 간혹 힘들 때도 있을 거다. 그런 순간에는 훌륭한 크리스찬에게는 고독이란 없으며, 주님께서는 믿는 자를 결코 저버리지 않으신다는 것을 기억해야 해. 자, 포옹해 다오. 그리고 어서 아버님께 가서 용서를 빌자."

몇 분 뒤에 자크는 울어서 퉁퉁 부은 얼굴에 타는 듯한 눈을 한 채 자기 방으로 돌아왔다. 그는 거울 앞으로 가서 눈 속까지 꿰뚫어 볼 듯이 자신의 얼굴을 뚫어지게 들여다보았다. 그것은 마치 증오와 원한을 퍼부을 어떤 살아 있는 대상을 찾기라도 하는 것 같았다. 그러나 그때 복도에서 발소리가 들렸다. 그의 방문에는 이미 자물쇠가 없었다. 그는 방문 앞에 의자로 바리케이드를 쌓았다. 그러고는 책상으로 달려가 연필로 몇 줄 갈겨쓴 다음에 그 종이를 봉투에 넣고 주소를 쓰고 우표를 붙이고 나서 일어섰다. 그는 마치 길 잃은 사람 같았다. 이 편지를 누구에게 부탁할까? 그의 주위에는 온통 원수들뿐이었다! 그는 창문을 열었다. 날씨가 흐린 아침이었다. 길가에는 아무도 없었다. 그런데 저쪽에는 한 늙은 부인과 어린애가 천천히 걸어오고 있었다. 자크는 편지를 길 위로 떨어뜨렸다. 편지는 빙글빙글 돌면서 보도 위에 떨어졌다. 그는 서둘러 뒤로 물러섰다. 다시 용기를 내어 창밖으로 고개를 내밀어보았을 때 이미 편지는 보이지 않았다. 부인과 어린아이는 멀어져갔다.

그러자 온몸의 기운이 쭉 빠져버린 그는 함정에 빠진 짐승처럼 신음 소리를 냈다. 그리고 침대 위로 달려가 엎드려서는 두 발을 뻗어 침내들을 밀면서 옴짝달싹 못 하는 분노에 사지를 부들부들 떨며, 소리를 내지 않으려고 베개를 물어뜯었다. 지금 그에게는 오직 자신의 이 절망적인 광경을 다른 사람에게 보이지 않겠다는 의식만이 겨우 남아 있을 뿐이었다.

그날 저녁에 다니엘은 다음과 같은 편지를 받았다.

친구여,

내가 유일하게 사랑하는 친구, 내 삶의 사랑이며 아름다움인 벗이여!

나는 너에게 이 글을 유언으로 쓴다.

그들은 나를 너에게서 떼어놓고, 모든 것으로부터 떼어놓고, 지금 나를 어떤 곳에 처넣으려고 한다. 그곳이 어디인지 또 어디에 있는지는 너에게 말할 용기조차 없다. 나의 아버지가 부끄럽다!

나는 너를, 나의 유일한 친구이며 나를 선량하게 만들 수 있는 오직 단 하나의 친구인 너를, 다시는 못 만나게 될 것 같다.

아듀,* 친구여, 아듀!

그자들이 나를 너무 불행하게 만들고 너무 괴롭히면 난 자살해버리겠다. 그때는 내가 일부러 자살했다는 것을, 그들 때문에 내가 죽었다는 것을 그들에게 말해 다오! 하지만 나는 그들을 사랑하고 있었다!

그러나 저세상의 문턱에서 내가 마지막으로 생각할 사람은, 친구여, 그건 너일 것이다!

아듀!

1920년 7월-1921년 3월

* 프랑스어로 작별 인사, '안녕'이라는 뜻.

작품 해설

정지영

프랑스에서는 이십 세기에 들어서면서 1904년에 발표된 로맹 롤랑의 『장 크리스토프』를 시작으로 쥘 로맹의 『선의의 사람들』(1932)에 이르기까지 대하소설이 크게 유행했다. 그 가운데에서도 로제 마르탱 뒤 가르(1881-1958)의 『티보가家 사람들』은 이들 대하소설의 대표작이다. 알베르 카뮈는 로제 마르탱 뒤 가르에 관한 평론에서 『티보가 사람들』이 이십 세기 최고의 문학이며 최초의 사회 참여소설이라고 평가하고 있다. 1937년에 마르탱 뒤 가르는, 「1914년 여름」에 잘 나타나 있듯이, 반전 운동과 평화주의 운동에 기여한 공로를 인정받아 노벨문학상을 수상했다.

작가는 인간에 대한 해설자이다. 그는 인간의 여러 가지 성격을 유전이나 환경에 결부시켜 파악하고, 심리와 감정의 미묘함을 통해서 작중 인물에게 생명력을 불어넣는다. 작가가 『티보가 사람들』을 계획했을 때 스스로 제기했던 문제들은 육체와 정신의 관계, 질병과 죽음이 인간 정신에 어떤 영향을 미치느냐 하는 문제, 인간 개개인이 열심히 살다가 죽음에 이르는 것이 어떤 의미를 지니는가 하는 근본적인 문제들이었다. 그렇기 때문에 이 대하소설에서는 인물들의 일상생활이 끈질기고 면밀한 방식으로 묘사되고 있다. 작품 속의 인물들은 저마다 자신의 삶을 충실히 살아가고 있는 인물들이다. 이 소설을 제대로 이해하기 위해서는 등장인물들이 보여주는 약간의 우울증이나 무의식적으로 행하는 하찮은 행동과 말 등 어느 것도 놓쳐서는 안 된다.

모두 여덟 부로 된 『티보가 사람들』은 얼핏 보면 주제에서 일관성이 결여된 것으로 보이지만, 전반부(1부에서 6부까지)의 주제인 가정 이야기와 전쟁의 열병을 앓고 있는 세계에 대한 후반부의 이야기는 밀접한 관계를 맺고 있다. 전반부에서는 쓸데없고 주변적인 것으로 보이던 대목들이 후반부의 분위기를 이끌어내기 위해서는 필수적이다. 이 작품이 19년에 걸쳐서 발표되었다는 사실에서 미루어 짐작할 수 있듯이 작가는 그가 처한 역사적 상황 앞에서 시각의 변화를 겪지 않을 수 없었고, 그것 때문에 이 작품에서 작가의 통일된 관점을 찾아보기 힘들다고 비난할 수도 있을 것이다. 또한 작가의 시각이나 작품의 기반이 되는 이념에 대해서는 부정적인 논의를 할 수 있을지 모른다. 그러나 소설 기법의 측면에서는 거의 완벽하다. 그의 대가로서의 기질은 각 개인이 연속적인 사건 속에서 그들이 대변하고 있는 듯한 한 세대의 특징적인 삶의 방식과 양태를 예리하게 파악하여 생생하게 그려낼 때 더욱 돋보인다. 특히 표현 의지에 따른 문체, 구성에서 나타나는 능숙함, 소설에 부여하는 여유, 뛰어난 묘사의 감각 등은 비판의 여지가 없다. 이 작품은 교훈적인 것을 삼가면서도 대작의 장점이라 할 수 있는 신중함을 지니고 있다. 인간에 대한 긍정적인 이해와 엄숙한 사랑을 바탕으로 쓴 이 작품은 인간에 대한 환상을 배제한다는 점에서 인간을 이해하는 데 특별한 가치를 지닌 자료라 할 수 있다. 더구나 『모모르 중령의 수기Le Lieutenant-Colonel de Maumort』를 그의 사후 이십오 년 뒤인 1983년 이후에 출간할 것을 유언한 것만 보더라도 그가 당대의 젊은이들뿐만 아니라 미래의 젊은이들에게도 얼마나 깊은 애정을 가지고 메시지를 전달하려 했는지를 알 수 있다.

『티보가 사람들』의 무대는 제1차 세계대전을 전후한 프랑스이다. 비록 우리의 문화권과 다르고 또 시기적으로도 오래전의 이야기이나 그 당시에 젊은이들이 느꼈던 고뇌, 가정 문제, 한 사회 전체가 겪은 고통은 바로 지금 우리가 직면하고 있는 고뇌나 고통과 조금도 다를 바 없다. 이런 뜻에서 『티보가 사람들』은 현대의 고전인 동시에 미래의 인간상을 예고하는 선구자적인 작품이라 하겠다.

전반의 여섯 부는 1904년부터 1913년까지 약 10년에 걸쳐 일어나는 일로서, 이 기간의 사건들을 연속적으로 서술하는 것이 아니고 중요한 사건만을 발췌하여 압축, 요약하는 식으로 구성되어 있다. 여섯 부에 나오는 이야기의 시점을 개관하면 다음과 같다.

「회색 노트」—오월 초의 어떤 일요일부터 일주일(1904년)
「소년원」—사월의 십오 일 정도와 유월의 며칠(1905년)
「아름다운 계절」—여름부터 가을까지(1910년)
「진찰」—하루(1913년 10월 13일)
「라 소렐리나」—일주일(1913년 11월 25일-12월 1일)
「아버지의 죽음」—팔일(1913년 11월 30일-12월 7일)

마지막으로 이 책은 프랑스의 갈리마르 출판사에서 간행한 Bibliothèque de la Pléiade판의 로제 마르탱 뒤 가르 전집 I, II에 실린 *Les Thibault*를 번역한 것임을 밝혀둔다.

* * *

1부 「회색 노트Le cahier gris」

「회색 노트」의 주제는 사춘기의 고독과 반항이다. 이 작품은 자크가 가출하는 사건으로부터 시작된다. 학교 당국의 비열한 처벌에 격분한 자크는 동급생인 다니엘을 유혹하여 가정과 학교라는 울타리로부터 탈출한다.

이 소설이 탈출이라는 테마로 시작한다는 것은 그리 놀라운 일이 아니다. 이 주제는 『티보가 사람들』 이전에 쓰인 마르탱 뒤 가르의 작품 『생성Devenir』, 『장 바루아Jean Barois』에서도 크게 부각되어 있다. 이러한 주제는 십구 세기 말에서 이십 세기 초에 걸쳐 프랑스 문단에서 프랑스로부터의 탈출, 유럽으로부터의 도피를 부르짖었던 일련의 작가와 작품의 맥을 잇고 있는 것으로 보인다. 그러한 작품의 한 예로 자크와 다니엘의 마음을 사로잡았던 앙드레 지드의 『지상의 양식Les nourritures terrestres』을 들 수 있다. 기성 가치관으로부터의 해방, 낡은 도덕관의 부정을 주장하며 모든 것을 버리고 배를 타고 떠나라고 부르짖었던 이 정열적인 호소를 사회 일부에서는 부도덕한 것으로 규탄하기도 했으나, 아무튼 그 호소가 당시의 젊은 세대를 열광시켰던 것은 사실이다. 이러한 시대적 분위기에 영향을 받아 마르탱 뒤 가르의 '탈출의 테마'도 당시의 가톨릭적 부르주아 사회라는 견고한 인습 제도에 대해 반항하는 형식을 취하고 있다.

이 소설을 이끌어가는 두 주인공인 앙투안과 자크의 성격은 「회색 노트」에서부터 뚜렷하게 대조를 이루며 제시되어 있다. 앙투안은 전통 사회의 테두리 속에서 행복을 느끼며 합리적으로 사유하는 활력 넘치는 청년이다. 그러나 반항적인 기질을 타고난 자크는 기성 사회의 틀에 박힌 관습을 참지 못하고 허위와 권위에 반항할 수밖에 없는 순수한 사색형 인간이다. 카뮈는 이 두 사람에 대하여 앙투안은 태어날 때부터 어른이었고, 자크는 죽을 때까지 어린아이로 남아 있는 인간이라는 묘한 비평을 하고 있다.

자크는 열네 살의 소년으로 소설 속에 등장한다. 처음에는 아버지와 학교 선생에 대하여 반항하다가 권위에 굴복하기를 거부하고 부정을 증오하는 이 순수한 영혼은 마침내 반항의 눈을 사회로 돌리게 된다.

자크와 다니엘이 가출하게 된 데에는 회색 노트에 그들만의 우정과 고뇌를 기록하고 교환했던 것이 직접적인 이유이다. 그들의 우정을 동성애적인 것이라고 비난하는 학교 쪽의 일방적인 해석이 세기하는 문제는 마르탱 뒤 가르가 청년기에 쓰다가 만 작품 「어떤 성인전」에도 잘 나타나 있다. 하나의 강박 관념처럼 되어 있는 이 주제는 작가가 가톨릭계 학교인 페늘롱 중학교에 다닐 때의 체험에서 비롯된다.

그러나 자크와 다니엘의 열렬한 우정은 사춘기의 모든 소년들이 이성에 대해 눈뜨기 전에 경험하는 순수하고도 과도기적인 현상이다. 더럽혀지지 않은 육체의 순수함을 보여주는 장면은 마르세유의 한 호텔에서 두 소년이 똑같이 느꼈던 수치심에서도 찾아볼 수 있다.

> 방 안에 들어섰을 때 그들은 서로 보는 앞에서 옷을 벗어야 한다는 생각에 똑같이 곤혹스러움을 느꼈다….

자크의 경우는 엄격한 가톨릭적인 가정과 학교 분위기에서 도망치기 위해 프로테스탄트인 다니엘에게 접근해갔다고도 볼 수 있다. 자유스러운 분위기에서 자란 탓에 예술적 재능이 풍기는 다니엘에게 청순한 자크의 감수성이 이끌렸던 것이다. 작가는 퐁타냉가家의 우아하고 자유로운 가정 환경에 호의를 가지고 있는 것처럼 보이나, 퐁타냉가에도 문제가 없지는 않다. 퐁타냉가의 가장인 제롬은 방탕한 생활을 하고 있다. 그의 아들인 다니엘 역시 그 핏줄을 이어받아 방탕한 생활로 빠져들 가능성이 크다. 그 예로 마르세유에서 자크와 헤어진 다니엘은 거리에서 우연히 만난 연상의 여자에 의해 성性의 첫 경험을 하게 된다. 이 사실을 자크에게 숨긴 채 다니엘은 자크와의 우정이 이미 예전 같지 않다는 것을 느낀다. 이렇게 쉽게 이루어진 불순한 성의 체험은 소년의 미래에 어떤 영향을 주게 될까? 이런 식으로 이성을 알아버린 남자는 성을 한낱 관능적인 향락의 수단으로밖에 여기지 않지 않을까?

작가는 사춘기의 상황, 특히 첫 이성 경험을 중요시한다. 한심할 정도로 순수한 자크는 다니엘과 같이 관능적인 것을 추구하는 인간은 결코 아니다. 오히려 자크의 사랑은 이상주의적이고 정신적인 것이어서 육체를 도외시한 무미건조한 사랑으로 치달을지 모른다. 이에 반해 현실적인 앙투안은 정신과 육체가 일치하는 충실한 사랑을 체험한다. 「소년원」의 후반부와 「아름다운 계절」에서 이러한 문제는 밝혀질 것이다.

「회색 노트」에는 독자의 시각을 흐리게 하는 수수께끼와 같은 에피소드가 두 개 있다. 하나는 다니엘의 누이동생인 제니의 원인 모를 중병과 그 신비한 치유 과정이다. 제니는 오빠인 다니엘이 가출한 후에 의사인 앙투안도 절망적이라고 할 만큼 중태에 빠지지만, 그레고리 목사와 어머니의 정성 어린 기도로 기적적으로 회생한다. 그러나 작가의 무신론적 성향으로 볼 때 이러한 '신의 기적'은 수수께끼 같은 착상이라고 생각할 수밖에 없다. 제니의 병은 죽음에 이르는 병이 아니라 어떤 계기만 있으면 쾌유할 수 있는 일종의 급성 심신증과 같은 것이다. 다니엘로부터 그가 가출한다는 사실을 듣고 비밀을 지켜줄 것을 요구받았기 때문에, 그에 따른 심리적 압박과 공포심이 그녀에게 육체의 병을 유발시킨 것이다. 그러므로 제니의 병은 '영혼의 치유'가 필요한 것이었고, 그레고리 목사의 기도와 '창문을 열라'는 동작이 상징적인 의미로 효과를 나타내어 병을 치유한 것이다. 결국 이 에피소드를 통해 작가는 '신의 기적'을 이야기하려는 것이 아니라 정신적 압박이 육체에 미치는 영향을 보여주고, 정신과 육체의 관계라는 중요한 문제를 부각시키고 있다.

두 번째 수수께끼는 자크와 다니엘이 마르세유에서 툴롱까지 걸어가는 도중에 목격하는 마차의 사고 이야기이다. 마차에 깔려 죽어가는 말의 고통을 목격하면서 자크는 거의 실신 상태에 빠진다. 그는 죽어 있는 말을 보고 과거에 본 죽은 사람의 창백한 모습을 생각하면서 '마치 살아 있는 것처럼' 눈을 뜬 채 죽어 있는 인간의 얼굴을 상기한다. 반대로 다니엘은 그런 일에는 관심이 없고 벌써부터 들려오는 피아노 소리에 귀여운 누이동생 제니를 생각한다. 왜 이런 에피소드가 여기에 등장할까? 똑같은 것을 보는 두 소년의 반응은 서로 다르다. 다니엘에게는 따뜻한 가정이 있다. 애정이 감도는 그의 생활 속에는 꽃도 있고 열매도 있다. 그러나 자크에게는 아무것도 없다. 그는 고독하기만 하다.

이런 욕구 불만 속에서 사색형인 자크는 죽음을 생각한 적도 있다. 그러나 이 나이에는 죽음이란 무서운 것이다. 죽음의 문제는 「아름다운 계절」의 동물의 참사 이야기에서 확실히 이해될 것이다. 또 「소년원」에서 프륄링 어멈의 죽은 얼굴에서 자크는 말의 시체에서 본 것과 같은 것을 본다.

마르세유에서 돌아온 두 소년을 맞는 두 가정의 분위기 또한 매우 대조적이다. 다니엘이 어머니의 용서를 받기 위해서는 집으로 돌아왔다는 것으로 충분했다. 구차한 변명도 필요 없다. 퐁타냉 부인으로서는 아들을 따뜻하게 맞아주는 것만이 어머니의 임무라고 생각했던 것이다.

자크의 경우는 다르다. 티보 씨 역시 아들을 걱정한 것은 사실이다. 아들이 돌아온다는 것을 알았을 때 그의 마음은 기쁨과 안도로 충만했다. 그러나 그는 따뜻한 아버지의 자세를 취하기보다는 권위를 앞세워 근엄한 태도로 아들을 맞이했다. 이런 아버지의 행동이 공포에 쌓인 자크의 마음을 녹여주기는커녕 오히려 더욱 반발심을 가지게 한다.

미행에서 만든 책들

1	소설	마르셀 프루스트	최미경	**쾌락과 나날**
2	시	조르주 바타유	권지현	**아르캉젤리크**
3	소설	유리 올레샤	김성일	**리옴빠**
4	시	월리스 스티븐스	정하연	**하모니엄**
5	소설	나카지마 아쓰시	박은정	**빛과 바람과 꿈**
6	시	요제프 어틸러	진경애	**너무 아프다**
7	시	플로르벨라 이스팡카	김지은	**누구의 것도 아닌 나**
8	소설	카트린 퀴세	권지현	**데이비드 호크니의 인생**
9	르포	스티그 다게르만	이유진	**독일의 가을**
10	동화	거트루드 스타인	신혜빈	**세상은 둥글다**
11	산문	미시마 유키오	강방화·손정임	**문장독본**
12	소설	마르셀 프루스트	최미경	**익명의 발신인**
13	시	E. E. 커밍스	송혜리	**내 심장이 항상 열려 있기를**
14	시	E. E. 커밍스	송혜리	**세상이 더 푸르러진다면**
15	산문	데라야마 슈지	손정임	**가출 예찬**
16	칼럼	에릭 사티	박윤신	**사티 에릭 사티**
17	산문	뤽 다르덴	조은미	**인간의 일에 대하여**
18	르포	존 스타인벡·로버트 카파	허승철	**러시아 저널**
19	소설	윌리엄 포크너	신혜빈	**나이츠 갬빗**
20	산문	미시마 유키오	손정임·강방화	**소설독본**
21	소설	조르주 로덴바흐	임민지	**죽음의 도시 브뤼주**
22	시	프랭크 오하라	송혜리	**점심 시집**
23	산문	브론테 자매	김자영·이수진	**벨기에 에세이**
24	소설	뱅자맹 콩스탕	이수진	**아돌프 / 세실**
25	산문	안드레이 플라토노프	윤영순	**전쟁 산문**
26	소설	안토니 포고렐스키 외	김경준	**난 지금 잠에서 깼다**
27	소설	모리 오가이	전양주	**청년**
28	소설	알베르틴 사라쟁	이수진	**복사뼈**
29	산문	페르난두 페소아	김지은	**이명의 탄생**
30	산문	가타야마 히로코	손정임	**등화절**
31	산문	고바야시 히데오	유은경·이재창	**비평가의 책 읽기**

32	소설	조르주 바타유	유기환	**마담 에드와르다 / 나의 어머니 / 시체**
33	시론	라헬 베스팔로프	이세진	**일리아스에 대하여**
34	시	하트 크레인	손혜숙	**다리**
35	산문	다니자키 준이치로	이한정	**문장독본**
36	소설	로제 마르탱 뒤 가르	정지영	**티보가 사람들(전 11권)**

한국 문학

1	시	김성호	**로로**
2	시	유기환	**당신이 꽃 옆에 서기 전에는**

로제 마르탱 뒤 가르(Roger Martin du Gard, 1881-1958)는 예술의 중흥기인 '벨 에포크'에서 전란과 이념의 시대로 이행하는 20세기의 역사의 한복판에서 활동한 작가이다. 1881년 파리 근교의 뇌이쉬르센에서 태어났다. 페늘롱 중학교를 졸업하고, 국립 고문서 학교에서 공부했다. 마르탱 뒤 가르는 이곳에서 면밀한 자료 수집, 과학적 논리 전개, 객관적 문장력 등의 훈련을 쌓았다.

1908년에 장편소설 『생성』을 발표하면서 문단에 데뷔한 그는 1913년 『장 바루아』를 발표하면서 두각을 나타내기 시작했다. 그 뒤로 『오래된 프랑스』, 『아프리카의 비화』 등의 소설과 『를뢰 영감의 유언』 등의 희곡 작품들을 발표했다.

1920년부터 대하소설 『티보가 사람들』을 집필하기 시작했으며, 그중 1936년에 발표된 「1914년 여름」으로 이듬해 노벨문학상을 수상했다. 그리고 「에필로그」는 1940년에 발표했다. 『티보가 사람들』의 완성 뒤로 전원에 칩거하며 제2차 세계대전을 다룬 제2의 대하소설 『모모르 중령의 수기』를 집필하였으며, 이 작품을 자신이 죽은 뒤에 출판할 것을 조건으로 국립도서관에 맡겼다. 1958년 8월 벨렘에서 사망했다.

로제 마르탱 뒤 가르의 대표작 『티보가 사람들』은 1, 2차 양차 세계대전 사이에 위치한 작가가 참혹한 전쟁의 소용돌이 속에서도 20세기의 역사를 웅장한 인간 벽화로 그려낸 대작이다. 총 여덟 편의 연작 소설로 이루어진 이 작품은 신과 인간, 예술과 이념에 대한 작가의 고찰을 고스란히 보여주면서 영원히 해소되지 않을 인간 본원의 갈등을 그리고 있다.

알베르 카뮈는 로제 마르탱 뒤 가르를 "영원한 현대인으로 남을 작가", 앙드레 지드는 "20년 후에야 진정한 평가를 받을 작가"라는 찬사를 보냈다.

옮긴이 정지영은 1937년 함경북도 회령에서 출생하였다. 서울대 불문과 및 동 대학원을 졸업하고 프랑스 그르노블 대학에서 문학박사 학위를 받았다. 서울대 불문과 교수를 역임하였고, 현재 같은 과 명예교수로 있다. 저서로는 『프라임 불한사전』이 있고, 주요 논문으로는 『티보가 사람들』에 대한 다수의 논문을 비롯 「까뮈의 『이방인』에 쓰인 자유 간접 화법」, 「빅토르 위고의 시의 형식」 등이 있다. 『티보가 사람들』을 국내에 처음 완역하여 소개했다.

티보가 사람들

1부 회색 노트

로제 마르탱 뒤 가르
정지영 옮김

초판 1쇄 발행 2025년 10월 31일

펴낸곳 미행
출판등록 제2020-000047호
전화 070-4045-7249
메일 mihaenghouse@gmail.com
인쇄 제책 영신사

ISBN 979-11-92004-32-7 04860
979-11-92004-31-0 (세트)

2

로제 마르탱 뒤 가르

티보가 사람들

소년원

Le pénitencier

정지영 옮김

미행

로제 마르탱 뒤 가르(Roger Martin du Gard, 1881-1958)는 예술의 중흥기인 '벨 에포크'에서 전란과 이념의 시대로 이행하는 20세기의 역사의 한복판에서 활동한 작가이다. 1881년 파리 근교의 뇌이쉬르센에서 태어났다. 페늘롱 중학교를 졸업하고, 국립 고문서 학교에서 공부했다. 마르탱 뒤 가르는 이곳에서 면밀한 자료 수집, 과학적 논리 전개, 객관적 문장력 등의 훈련을 쌓았다.

1908년에 장편소설 『생성』을 발표하면서 문단에 데뷔한 그는 1913년 『장 바루아』를 발표하면서 두각을 나타내기 시작했다. 그 뒤로 『오래된 프랑스』, 『아프리카의 비화』 등의 소설과 『를뢰 영감의 유언』 등의 희곡 작품들을 발표했다.

1920년부터 대하소설 『티보가 사람들』을 집필하기 시작했으며, 그중 1936년에 발표된 「1914년 여름」으로 이듬해 노벨문학상을 수상했다. 그리고 「에필로그」는 1940년에 발표했다. 『티보가 사람들』의 완성 뒤로 전원에 칩거하며 제2차 세계대전을 다룬 제2의 대하소설 『모모르 중령의 수기』를 집필하였으며, 이 작품을 자신이 죽은 뒤에 출판할 것을 조건으로 국립도서관에 맡겼다. 1958년 8월 벨렘에서 사망했다.

로제 마르탱 뒤 가르의 대표작 『티보가 사람들』은 1, 2차 양차 세계대전 사이에 위치한 작가가 참혹한 전쟁의 소용돌이 속에서도 20세기의 역사를 웅장한 인간 벽화로 그려낸 대작이다. 총 여덟 편의 연작 소설로 이루어진 이 작품은 신과 인간, 예술과 이념에 대한 작가의 고찰을 고스란히 보여주면서 영원히 해소되지 않을 인간 본원의 갈등을 그리고 있다.

알베르 카뮈는 로제 마르탱 뒤 가르를 "영원한 현대인으로 남을 작가", 앙드레 지드는 "20년 후에야 진정한 평가를 받을 작가"라는 찬사를 보냈다.

옮긴이 정지영은 1937년 함경북도 회령에서 출생하였다. 서울대 불문과 및 동대학원을 졸업하고 프랑스 그르노블 대학에서 문학박사 학위를 받았다. 서울대 불문과 교수를 역임하였고, 현재 같은 과 명예교수로 있다. 저서로는 『프라임 불한사전』이 있고, 주요 논문으로는 『티보가 사람들』에 대한 다수의 논문을 비롯「까뮈의 『이방인』에 쓰인 자유 간접 화법」, 「빅토르 위고의 시의 형식」 등이 있다. 『티보가 사람들』을 국내에 처음 완역하여 소개했다.